新潮文庫

ボトルネック

米澤穂信著

ボトルネック

序章　弔いの花

兄が死んだと聞いたとき、ぼくは恋したひとを弔っていた。

諏訪《すわ》ノゾミは二年前に死んだ。ここ東尋坊《とうじんぼう》で、崖《がけ》から落ちて。即死だったという。この二年、ぼくはノゾミの死んだ場所を訪れることができなかった。花だけでも手向けたいと、命日に近い今日を選んでようやく来ることができたというのに、兄のおかげでとんぼ返りしなくてはならない。死にざまで、まるで嫌がらせのようだ。

携帯電話の向こうで、母も不機嫌そうだった。

『今夜は通夜《つや》なんだから、早く帰ってきなさいよ。あんただって、いないと格好つかないんだから』

ショックを受けてはいないようだった。兄は長く意識がなく回復の見込みもなくて、ついでにいまやそれを望まれてすらいなかった。気の毒だとは思う。聞かせるためのあからさまな溜息《ためいき》を一つついて、母はこう続けた。

『あと、わたしは夕方にならないと帰れないから。恥ずかしいことしないでよ』

ちゃんと悲しむようにするよ、と思ったけれど、口にはしなかった。何か口にすれば、それだけ冷たい刃で切りあうことになる。代わりにごく実務的なこと、どんな服装でいればいいのかを尋ねた。諏訪ノゾミのときは参列しなかったので、通夜も葬式もぼくは初めてなのだ。

母は、

『馬鹿《ばか》でしょ。学生服でいいの』

と言うと、そのまま電話を切ってしまった。

不機嫌なのももっともだ。今日、母は「昔の友達」と会うことになっていた。兄はその死で、ぼくの弔いだけではなく母の逢瀬《おうせ》まで妨げたわけだ。それに加えて、今日は父も「日帰り出張」。こうまで人の恋路を邪魔するようなら、まさに馬に蹴《け》られて死んじまえといったところだ。実際はバイクで転んで死んじまったわけだが、転んでから時間が経《た》ちすぎていて保険金も下りない。兄の間の悪さたるや、本当に凄《すさ》まじい。

急がなくてはならない。母はぼくが出かけていることは知っているが、北陸本線とバスを乗り継ぎ東尋坊に来ていることは知らない。いまは、ちょうど真昼。母が言った夕方までにはまだ間があるが、できるだけ早く戻らないと。……先に家に着き、学生服に着替えて悲しんでいないと、母はまた気が狂ってしまうだろう。

兄の事故は自業自得《じごうじとく》だったが、諏訪ノゾミの事故は不運なものだった。二年前、彼女が崖から落ちたとき、周りでは自殺説が囁《ささや》かれた。「ノゾミならやりかねない」。「いや、きっとやると思っていた」。「あのとき、きっとノゾミはもう決めていたんだわ。もし私が止めていたら……」。しかしぼくに言わせれば、それはとんでもない見当違いだ。確かに彼女には厭世的《えんせいてき》に見えるところがあったけれど、自殺ではありえない。結局あれは事故だったと警察は結論づけたし、実際そうだったに違いない。

冬、無邪気な従妹《いとこ》と訪れた東尋坊で、彼女は不運な転落事故に遭ったのだ。

海崖《かいがい》から逸《そ》れて、遊歩道に入る。柱状の石がそそり立ち、日本海の波が打ち寄せる不毛な崖には、転落防止の柵《さく》もない。それだけに、死を願う者以外は、かえって崖の縁《ふち》には近寄らない。松林の中を縫う遊歩道を進むと、それでもところどころに防柵が設けられていた。道が細く特に危ない場所や、坂になっている場所に。

波頭の砕ける重い音が、さっきから絶え間なくぼくの空っぽの胃に響いてきて気分が悪い。何にも遮られず海を渡ってくる北風が、パーカの上にウインドブレーカーを羽織っているぼくの骨まで凍らせてしまいそうだ。こんな寒い日に崖を覗《のぞ》こうなどという者は、ぼくのほかにはいなかった。

松林が途切れ、少し開けた場所に出た。ここには、崖の手前に防柵が張られている。といっても、背の低い木の杭《くい》に太い鎖を繋《つな》げ渡しただけの、簡素なものだった。ノゾミが正確にはどの辺りから落ちたのか、ぼくは知らなかった。けれど、少し見て、すぐにああここかと見当がつく。ぼろぼろになった杭、潮風に錆《さ》び切った鎖に混じって、くたびれてはいても他と比べればはっきり新しい杭、鎖の部分があった。鎖の高さはぼくの膝《ひざ》ぐらいで、いかにも頼りない感じがした。

ここに来る途中、季節はすっかり冬だというのに草花が咲いていた。それを引きちぎるように摘んできて、いまや手の中でほとんど握りつぶしそうになっていた。防柵の手前で足を止め、崖の下を覗き込む。真下で、大きなうねりが巨岩に叩《たた》きつけられるのが見えた。

くしゃくしゃになった白い花を、ぼくは自分の手の中に見つめる。そして水平線を見やり、空を仰いだ。今日は晴れるということだったのに、空は重く雲が垂れ込めて、そのうち降り出しそうだ。いつもそうだ。北陸の空は、いつでも気まぐれに暗くなる。この暗さを、諏訪ノゾミはひどく嫌っていた。

ノゾミのことを思い出す。確かに、彼女は自殺なんかはしなかった。ノゾミはもう、何にも傷つけられないはずだったのだから。彼女を殺せるとしたら、それは夢の剣ぐらいだった。ぼくとノゾミは夢の剣の話や、他にもいろいろなことを話し合った。ノゾミはぼくから見ればかわいそうな子で、だけどそれはノゾミにはどうしようもないことだった。ノゾミから見ればぼくはどうやらかわいそうな子らしかったけれど、それもやっぱり、ぼくにはどうしようもないことだった。彼女が死んで、ぼくは悲しんだ。しかし二年が経ち、こうして花を手に崖の上に立つと、どうにもノゾミが羨《うらや》ましく感じられる。その感傷のありふれたさまに、ぼくは思わず苦笑いした。

さあ、行かなくては。今度は兄を弔わなければならない。

白い花を投げ込む。

しかしびょうと吹いた海風に、小さな花は押し戻され、投げたぼくの足元にはらりと落ちた。本当に、風が強い。

ノゾミの事故の原因は、この強風だと聞いていた。身をかがめ花を拾い、鎖から身を乗り出して崖下を覗き込み、大きく腕を伸ばし手を開く。大きく舞いながらも、今度こそ白い花は岩場へと落ちていく。それを見届けて、ぼくは踵《きびす》を返す。見上げると、厚い雲にほとんど光を吸い取られた、弱々しい太陽があった。

風に乗って、不意にどこからか、かすれ声が聞こえた。

（おいで、嵯峨野《さがの》くん）

……その瞬間。

不摂生の報いか、全身から血の気が引いた。天地が逆転したように、平衡感覚が狂う。思わず二歩、三歩と後ずさると、たちまち皮膚が浮遊感を伝えてきた。

落ちた、とぼくは思った。

不思議なものだ。一秒もなかったはずなのにぼくは、ノゾミもこうして落ちたのかな、ということと、兄の後追いなんてまっぴらだ、という二つのことを思っていた。

第一章　岐路の夜

1

寒さに身をよじる。

水音が聞こえる。が、間歇的《かんけつ》に腹の底に響くような、波濤《はとう》の音とは違った。軽やかで、滔々《とうとう》と絶え間なく聞こえてくる。目を開くと、目の前に川が流れていた。

川沿いの堤防の上に、アスファルトが敷かれたサイクリングコース。そして、ベンチがいくつか。ぼくはそのベンチの一つに、横たわっているようだ。

首をめぐらせる。重苦しい空の下には、増水し力強く流れる川。対岸には馬鹿《ばか》でかい駐車場を備えたジャスコ、そして彼方《かなた》にはビル群がかすんで見える。見慣れた光景だった。目の前の川は浅野川。そしてここは、金沢市だ。

次にぼくは、自分の手を見た。北陸の冬の厳しい寒さに、両手は真っ赤になっている。が、動かしてみれば、十本の指全《すべ》てが動いた。ベンチから立ち上がる。自分の体を見下ろせば、灰色のパーカに、黒いウインドブレーカー。薄汚れた白のカーゴパンツ。さっきまで着ていた通りの、防寒着。

見慣れた光景に、同じ服。しかし……。

確かに自分は東尋坊にいたはずだ。使ってしまえばあとで腹の減る思いをしなければならないことがわかっていて、それでも最後の金で諏訪ノゾミを弔いに行ったはず。それがどうして、金沢に。

「何だ、これは」

足を踏み鳴らしてみる。スニーカーがアスファルトを踏みつけ、体には振動が伝わってくる。体中をまさぐるが、痛いところはない。財布もあった。そしてその中には、芦原《あわら》温泉から金沢への切符まで入っている。芦原温泉は東尋坊の最寄《もより》駅。この切符は、金沢駅で往復切符を買った、その復路の分。それが財布に残っているのに、自分はどうやら金沢市の浅野川のほとりで、ベンチに横になっていたらしい。

……はっきりわかるのは、この切符は無駄になったということだけ。

ふと見ると、親指と人差し指の間に濃緑の汚れが残っている。手向けの花を摘んだときのものだ。

ぼくは考える。夢にしてはおかしい。東尋坊に行ったことは間違いないようだ。ところが憶《おぼ》えもないのに金沢に戻っている。ということは、夢であるとしたら、いま現在だ。

ひょうと風が吹きつけ、しかし夢の中にいるはずのぼく、嵯峨野リョウは寒さに身を震わせた。

どうも何かの混乱があるようだ。そうだ、少しずつ思い出してきた。ぼくは確か、急な眩暈《めまい》に襲われて、岩場で大きくバランスを崩し……。あの、ぞっとする浮遊感。そこまでは憶えている。すると、あの崖から落ちたぼくは生き延びて、ただ記憶が怪しくなっているのだろうか。

携帯電話を見る。いまがいつか、知りたかった。表示されたのは、『二〇〇五年十二月　三日』。

「……」

十二月三日は、ぼくが東尋坊に向かったまさにその日だ。暢気《のんき》に浅野川ほとりのベンチに寝ているはずがない。

ふと気づく。携帯電話が、圏外を示している。ここは確かに街外れだが、ジャスコが目の前にあるほどの場所で圏外だなんて。少しいじってみるが、表示は変わらない。故障だろうか。だとしても、不思議はない。何せ型落ちの安物だ。

また、冷たい風が吹き抜けていく。日本海を渡ってくる風は恐ろしいほど冷たく、河川敷にこうしていては骨身まで凍えてしまう。とにかく、こうして金沢にいるのだから、急いで帰ろう。学生服に着替えなくては。

病院に担《かつ》ぎ込まれていなかったのは、少なくともいいことではある。通夜《つや》で悲しむ弟でいられれば母も何も言わないだろうし、治療費のことで父に余計な無心をせずに済む。

金沢市の東、医王山系に源を発する浅野川は、犀川《さいがわ》と共に金沢に流れ込む。犀川がそのまま日本海に注ぎ込むのに対し、浅野川は途中で大野川と名を変え、その河口には港が開かれている、らしい。見たことはない。

その浅野川に沿って、下流へと歩く。冬の間は吹き続けるいつもながらの強い風にうんざりとしたころ、道を折れて川から離れる。年季の入ったアパートや、トタン屋根の手狭な一軒家。暗い空の下、細い小道を抜けると、通い慣れた幹線道路に行き当たる。幹線といっても片側一車線だ。このまま僅《わず》かな斜面を登っていくと兼六園と金沢城の間を抜けて、道は繁華街、香林坊《こうりんぼう》へと通じている。ぼくは道を跨《また》いで、山手へと向かっていく。

再び住宅地へと入っていく道は、右に左にとゆるやかに曲がっている。トラックが立て続けに二台、ぼくのすぐ横を走り抜けていった。

次第に、まわりの家構えが変わっていく。瓦《かわら》屋根の家が目立つようになり、庭がついていたり門扉《もんぴ》が備えられたりしている家も見かけるようになる。高級とは言わないけれど、生活にちょっと余裕のある人々が住む住宅街。ぼくの家は、その並びにある。煉瓦《れんが》色《いろ》の屋根に、白い外壁。ぎりぎり二台の車が入るガレージは、いまは空いている。母の戻りが夕方になるのは聞いていたが、父もまだ戻っていないらしい。あるいは父は知らないのだろうか、と思ったが、すぐにそれはないと考え直す。母にとって、父に電話で連絡することと通夜で体面を損なうこと、どちらがより屈辱的かは考えるまでもない。

コンクリート塀をまわりこんで玄関へ。……そこで、ぼくは見慣れないものを見つけた。

寒々とした冬には似合わない、夏を思わせる鮮やかなオレンジ色のスクーター。ご丁寧にU字ロックまでかけて、人の家のひさしの下に停めてある。失礼な話だ……。

もしかして、弔問客だろうか。こんな目にも眩《まぶ》しいスクーターに乗って、家族の誰よりも早く駆けつけるような親戚《しんせき》がいただろうか。それとも、兄も兄なりに、悼《いた》んでくれるひとの一人も持っていたのだろうか。ナンバープレートには「金沢市」と書かれている。

ポケットから鍵《かぎ》を取り出す。が、鍵は鍵穴の半ばまで入って、それ以上は進まなかった。無理に押し込むと、錠が傷《いた》みそうだ。錠前が取り替えられている？　いつの間に。通夜だというからそれなりに慌《あわ》てていたのに、締め出されてしまうなんていくらなんでも話がおかしい。ぼくは大抵のことはそんなものかと受け入れられるけれど、どうもさっきから妙なことが続きすぎる。やっぱり、転落のショックでやられてしまったのか。表札を見るけれど、「嵯峨野」の名前は間違いなく、黒い石に彫りこまれている。

首を傾《かし》げる。とにかく、何度試しても鍵は開かない。仕方ない、家のぐるりをまわればどこか窓が開いているかもしれない。その前に、留守を承知で、ふざけてドアをノックしてみた。

しかし、

「はいはい！」

聞こえてきたのは調子のいい声。

戸惑ううちにドアが開かれ、女が現れる。薄桃色のタートルネックセーターを着込み、下は色落ちさせたジーンズ。ベリーショートの髪は栗色《くりいろ》に染められ、口にはポッキーをくわえていた。活発そうな瞳《ひとみ》と、ほどほどに手入れされながらも力強さを残した眉《まゆ》。目鼻立ちはそこそこに整っているが、稀《まれ》な美人というほどではない。しかし、どこかで見た感じの顔立ちだった。年の頃は、ぼくと同じか、少し上ぐらいだろう。高校生以上だとは思うけれど、二十歳を越えているとは思えない。

いずれにせよ、会ったことはない女だった。……思わず訊《き》いた。

「あんた、誰です？」

答えは、到底まともなものとは思われなかった。女はぼくにざっと視線を走らせると、くわえていたポッキーを左手に取ってこう言ったのだ。

「あたしはこの家のもんだけど……。あんたこそ、誰」

繰り返すけれど、ぼくは大抵のことはそんなものかと受け入れられる。けれど、初見の女が自分の家に居座って「この家のもんだけど」と言うのは、とても受け入れがたいことだった。警戒心が膨らむ。新手の詐欺《さぎ》か？

慎重に答える。

「俺は……。この家の者だ。あんたは知らない」

女は眉をひそめた。

「あんた……」

ぼくの目をまじまじと見る。瞳の色が鳶色《とびいろ》だ。そっと視線を外すと、

「新手の詐欺?」

先に言われてしまった。盗《ぬす》っ人《と》猛々《たけだけ》しい。

「それはこっちが言いたい。留守の家に上がりこんで、何を」

「留守って、あたしがいたじゃない。あのね、ここは嵯峨野家。あんたの家じゃないよ」

「ぼくは」

せいぜい睨《にら》みつけてやる。

「嵯峨野リョウ」

途端、女は目を見開くと、左手のポッキーをぼくにつきつけてきた。やたらと芝居がかった、大袈裟《おおげさ》な仕草だ。

「隠し子!」

……ぼくはおよそ怒るということをしない。怒るというのは自己主張の方法のひと

つなので、主張がない場合は怒る必要もないからだ。ノリだけを身上にするタチの悪い連中さえ、からかい甲斐《がい》がないと自然に離れていくほど、ぼくは何事に対しても怒らない。

けれど、これにはむっと来た。「図星を突かれたから」というのが近いけれど、ぼくは一応、隠し子ではない。

「そうだとしたら、あんたの方だろ」

「ん、あたし？」

しかし女の方は、別に動揺するふうでもなく、ポッキーを翻《ひるがえ》して一口かじると中空を睨んで考え始めた。

「そうかぁ、あたしか」

その態度に、ぼくの警戒心は一層強くなる。この女は、頓珍漢《とんちんかん》な問答で時間を稼いでいるのではないか。入口でぼくを足止めして、仲間……、つまり空き巣かなにかを逃がそうとしているのでは。どのみちぼくの私物にろくなものはないけれど、これ以上我が家にトラブルがのしかかるのはさすがに少々気がめいる。

「時間を」

稼ぐな、と言おうとしたところで、女がぼくの目を覗き込み、言葉をかぶせてきた。

　素っ気ない命令調で、

「キミ」

「ちょっとこの家の家族構成言ってみ？」

「なんでそんなことを」

「あんたの頭の中が知りたいから」

　むっとしつつ、盗っ人かもしれない相手に家の情報を渡すなんてありえない話だと思った。が、女はそんなぼくの反応も見越していたようで、

「ま、実は門柱のところのネームプレートには書き出してあるんだけどね。それを見ずに、答えてもらいましょう」

　確かに女の言う通り、玄関先の表札は「嵯峨野」だけだけれど、門柱の方には一家が書き出されている。伏せる意味はない……。女のペースに乗せられていることを漠然と危ぶみながら、ぼくは渋々、答えるしかなかった。

「嵯峨野アキオ、ハナエ、ハジメ、リョウの四人家族。ただ、ハジメはもういない」

「……中途半端《はんぱ》に当たってるね。じゃあ、あたしはどこに入るのよ」

「どうしてあんたがこの中に入るんだ」

「あんた高校生ね。でも、ほとんど中学生だ。一年生かな」

答えないが、当たっている。

女はポッキーの先を短く噛《か》んだ。

「……あんたが確かに嵯峨野アキオとハナエの間の子で、でもって高校一年だったら、あんたはあたしの弟ってことになるんだけど。あたし、こんな死んだ魚みたいな目の弟はいないんだよね。しかもあんたは、この家に住んでいたって言う。普通に考えれば、言ってやる言葉は『あんた、頭大丈夫？』くらいしかないわけだけど」

「俺にだって姉なんかいない。言ってやる言葉は『いい加減にしてくれ、通報するぞ』だ」

むかつきを抑えながらそう吐き捨てる。……そしてぼくは、自分の発言が不正確だったことに気づき、口ごもった。

「……姉なんか、生まれなかったんだ」

「へえ？」

ぼくは女を警戒しているし、女も玄関先から出ようとしない。一触即発ではないけれど、緊張感が張り詰めている。しかし女は、それをほんの少し緩めるような笑みを含んだ表情を作り、

「キミにもう一つ、質問したいんだけど」

と傍らのスクーターを指さした。能天気なオレンジ色のスクーター。

「このスクーターさ。実はただのスクーターじゃないんだよね。タダモノじゃない。スクーターでさえ、ないかもね。

……さて、じゃあ、どうタダモノじゃないんだと思う？　思うままを言ってみ？」

「はあ？　なんだそれ」

うんざりしてきた。

「いい加減にしてくれ。俺は忙しいんだ。警察を呼ぶ」

両親が帰る前に制服に着替え、式に備えなくてはならない。知らない女の、脈絡のない話につきあってはいられない。いきなり摑《つか》みかかられても大丈夫なように一歩下がって、ポケットから携帯電話を出す。が、ぼくが二つ折りのそれを開くよりも早く、女の右手には開かれた携帯電話が握られていた。好きなのか、それもオレンジ色だった。ぼくはそのとき初めて、女がずっと右手を後ろにまわしていたことに気がついた。ずっと、携帯電話を握っていたのだ。

女は薄目の下から、冷たく言った。

「あのね。あんたはどうやらあたしを不法侵入者だと思ってるらしい。でも、あたしにはあんたが妄言吐きまくりのやばいやつに見えてるの。これまでの話で大体察せられるでしょ? あたしだって通報した方がよかないかと思ってたけど、他人を挟む前にちょっと意思疎通《そつう》してみないって提案してるの。些細《ささい》なQ&Aじゃない。試してみてよ」

怒りをあらわにはしていないけれど、物分かりが悪い、と静かになじられたようだった。

確かに……。ぼくとこの女の言うことはすれ違っている。互いに相手を、自分の家に乗り込んだ怪しいやつと言いあっていて、話が合わない。それは認める。

「どうなの?」

目の前の女からは、やましさが全く伝わってこない。仮に彼女が空き巣の一味かなにかだったとして、これほど「自分の家にいるかのように」平然としていられるものか? 大体、帰ってきた家族に「私はこの家の者です」とはったりをかます空き巣なんて、聞いたこともない。

そして、忘れていたけれど、ぼくの携帯電話はいま故障している。

どうやら、対話の必要はありそうだ。ただその対話の方法が「些細なQ&A」というのがわからない。スクーターがどうかしたのか?

……女になにか考えがあるというなら、乗ってやろう。その上でただの時間稼ぎらしいとなれば、そのとき考えよう。ぼくは手の中の携帯電話を閉じて、視線をスクーターに走らせる。

オレンジ色の、U字ロックがかけられた、金沢市のナンバーをつけたスクーター。汚れすぎているわけではないが、ぴかぴかでもない。どう見ても、ただのスクーター。

「このスクーターは……」

女の目が笑った。鳶色の瞳が。どこかで見たような。

「そのスクーターは？」

「リミッターが切られてて、普通のよりも速く走れる」

途端、女は満足そうに頷《うなず》いた。

「OK！　いいでしょ、あんたの言い分信じましょ、嵯峨野リョウくん。まあ、立ち話もなんだから上がりなよ」

招き入れるように大きくドアを開く。なんだろう、この豹変《ひょうへん》は。女は警戒を解いたようだけれど、ぼくの方にそうする理由はない。

「ささ、遠慮なく」

「遠慮なんかしない」

玄関をくぐるぼくを、女はやたらじろじろと眺めまわす。

「いまの質問は何だったんだ。それに……、あんたも、名前ぐらい名乗ったらどうだ」

屋内スリッパを、ぼくの家にあるくせにぼくが見たことのないファーつきストライプ模様のスリッパをつっかけると、女は自分の胸に手を当てた。

「あたし？　あたしは、嵯峨野サキ。まあ、よろしく。……どっちかのペテンが剝《は》げるまで！」

やっぱり、ペテンなのだろうか？

2

下駄箱の上に、見慣れないガラスの花瓶。白い壁紙と、濃茶のフローリングの廊下。サキと名乗った女は、その奥へと手を伸ばした。

「どうぞ。リビングへ」

魂胆は見え透いている。ぼくを先に歩かせ、家の間取りを知っているか試そうというのだ。どうぞ奥へ、と言わんばかりのその手の差し伸べ方に、ぼくはサキの性格を垣間見《かいまみ》た気になった。我が家のリビングへは、廊下を行く必要はない。玄関を上がってすぐ右手のドアから入るのだ。

「じゃ」

と、迷わずドアに手をかける。もちろん、後ろへの警戒は怠らない。いいように言いくるめられて油断して、得体の知れない女に後ろからがつんというのはごめんだ。ちらりと横目で見たサキは、ぼくがリビングへのドアを当てたことにだろうか、少し笑っていた。重い木製の扉を、少し体重をかけるように押し開ける。建てつけが悪いのだ。

ドアを開けると、正面に庭へと続く窓が来る。日の光を取り込む構造になっているけれど、今日は重い空が見えるだけだ。クリーム色のソファー、脚の黒いガラステーブル。白いカーテン。部屋の隅に据えられたテレビ台と、その上の薄型テレビ。部屋はリビングダイニングで、システムキッチンと一続きになっている。住み慣れた家の、見慣れた部屋だ。

……ところどころ、微妙に物の配置が変わっている気がするけれど。ただ、荒らされたという雰囲気ではない。

「適当に座って」

ぞんざいに言われる。主導権を握られっぱなしではたまらない。ぼくもサキを試さ

なければならない。サキがこの家の住人だと主張するなら、

「悪いけど、コーヒーを淹《い》れてくれないかな」

一呼吸置いて、

「クリームも砂糖も両方欲しいな」

サキはあきれたようにぼくを見た。

「初対面で飲み物作らせるとはね……。まあ、いいでしょ。なに考えてるかはわかるよ。なんなら、とっておきの客用カップで出してあげようか」

言いながら、ドアの脇《わき》に据えられた飾り棚を手の甲で叩《たた》く。その飾り棚のガラス戸の内には、サキの言う通り、金縁で薔薇《ばら》が浮き彫りになったとっておきの客用カップが飾られているのだ。ぼくは、それが使われるところを見たことがない。サキは本気だったようで、ガラス戸を開け、カップの取っ手を人差し指に引っ掛けた。その間、体を完全に飾り棚に向けることはなかった。少し体を開いて、ぼくに背中を向けまいとしていたのがわかる。開けっぴろげに話しているようでいて、サキもぼくのことを信用はしていない。

サキはとっておきのカップを指にぶら下げたまま、キッチンに向かう。じっと見ていたが、コンロにやかんが載っているのに、迷わずコーヒーメーカーに手を伸ばした。

戸棚からコーヒー豆の袋を出すと少しコーヒーメーカーにセットして、自分用のカップを食器棚から取り出した。明らかにこのキッチンを使い慣れている。ぼくがこの家に慣れているように、サキもまた住み慣れている。

どうやらサキは、嘘《うそ》は言っていないらしい。

こうなると、何がどうなっているのか、さっぱりわからない。ぼくには確かに姉などいないのだ。それとも、東尋坊から落ちたショックで、そのことだけすとんと忘れてしまったとでもいうのだろうか。いや、落ちなかったんだったか？

少し、気分が悪くなってきた。兄の葬式はどうなったのだろう。

ソファーに座る。いつもぼくが座る、テレビからガラステーブルを挟んだ斜向《はすむ》かいに。ガラステーブルには食べかけのポッキーの箱が投げ出されていて、ソファーの上のクッションには雑誌が伏せてあった。「たったいままで読んでいて、客が来たからとりあえず伏せた」と言われればそう見える。なんの雑誌かと思って表紙を見ると、椅子《いす》の専門誌だった。椅子？　父も母も兄も、そんな趣味は持ち合わせていない。もちろんぼくも。ぼくはいま自分が座っているクッションにサキが腰かけて、この雑誌を読んでいるところを思い浮かべた。

「家具に興味でも？」

顔を上げると、トレイにカップを二つ載せてサキが立っていた。

「砂糖とクリーム両方だったね」

言いながら、普段使いの白いカップと、お飾りだった金縁カップをガラステーブルに置く。客用カップには専用の受け皿もあったのだけど、サキはこれも普段使いの受け皿にカップを載せてきた。もしかしたら、自分はそれだけキッチンの物の配置を知っている、というアピールなのかもしれない。スティックシュガーと、プラスティック容器に入ったクリーム。スプーン。要求が完全に満たされて、ぼくはありがとうと言うしかなかった。

雑誌を除《の》けてクッションを取ると、サキはカーペットにそれを置いて正座した。ぼくが座っているソファーは三人がけぐらいだけれど、この家で二人以上が並んで腰かけることはない。いまも、お互い警戒しあっているぼくたちが肩を並べないのは自然だった。

どうやらブラックのままらしいコーヒーを啜《すす》り、サキは上目遣いにぼくを観察する。ぼくはスティックシュガーの封を切り、砂糖をカップに流し込む。からからと音を立ててかき混ぜていると、サキが不意に言った。

「つまり確認すると、あんたはこの家の次男だと、そう主張したいと」

「……主張も何も、実際そうなんだ」

「ところがこの家は一男一女なんだよね。ほんとに間違いなく。まあ、兄さんはもういないけど」

兄が死んだのは今日だったはずで、そのことを一体どれほどの人間が知っているだろう。どうして、サキはそのことを知っていて、しかもこれほどあっけらかんと話せるのだろうか。いくらぼくや母や父が、兄は時間の問題だと思っていたとしても、こんな風には話せない。

コーヒーカップを置いて手を組むと、サキは僅《わず》かに身を乗り出した。

「そこであんたに聞かせてもらいたいのは、さっき言ってた『姉』のこと。生まれなかった、って言ったね。省略した部分があるなら言ってみ？　案外、面白い話になりそうな予感がする」

面白い話、ではない。ぼくはスプーンをまわす手を止め、小さく息を吐いた。大体嵯峨野家に起きたことはどれもこれもごまんとある話で、珍しいことなんか一つもなく、姉に関わるエピソードも面白くなんかなりようがないのだ。

事は単純だ。

「……兄貴を生んだ後、お袋は二人目を妊娠した。けど、その二人目は生まれてこなかった。腹の中で、死んだらしい」

「らしい」

「もちろん俺が生まれる前の話だから、詳しいことは知らない。親父《おやじ》とお袋は、子供を二人作るつもりだった。二人目が流れたから、三人目を作った。それが俺だ」

「ふうん」

サキは組んでいた手をほどき、今度は腕を組んだ。

「……なるほど。ちなみに、あんたと兄さんとはいくつ離れてる？」

「四年違う」

「二人目が流れてからあんたが生まれるまで、何年かかった？」

細かな質問に、ぼくは眉《まゆ》をひそめた。

「知らないよ。生まれる前の話なんだし」

「でも、その子の性別は女だと知ってるんだね」

「水子地蔵がある。名前は『ツユ』だった」

「……露みたいに儚《はかな》い命、か。安直なネーミングだね全く。だけど確かにその辺、うちの一家らしいかな。あたしなんか、月足らずで生まれたからサキだもんね」

確かに両親のネーミングセンスはかなり安直だ。二人生むつもりで、一人目がハジメ。露と消えたからツユ。そしてぼくの名前、リョウは、「もう子供は金輪際これっきり」という意味だそうだ。

さっきサキはポッキーをタクトのように振ったけれど、今度は人差し指を二度三度とリズミカルに振った。

「時期的にはおかしくない、のかな。まあ、ツユちゃんが何ヶ月で流れたか次第だけど……。キミ、多分一九九〇年の生まれでしょ。えっと、つまり早生まれでしょ」

ぼくは戸惑った。

「そうだけど……」

「あたしが一九八八年の十一月生まれだから、計算は合うんだよね。……あはっ、面白い！」

一人で笑われても困る。ぼくは初めてサキの正気を疑った。留守の家に上がりこんで台所用品の位置を把握し、自分のスクーターも軒先に停めて、帰ってきた家人をわけのわからない話で煙に巻く……。何のメリットもなさそうだけれど、狂気の沙汰《さた》なら話は別だ。

「何の話だよ……」

八分のうんざりと二分の疑いで、ぼくは呟《つぶや》く。サキは軽くかぶりを振った。

「想像してみるのよ、想像！　あんたはアキオの息子で、ハジメの弟。で、あたしはアキオの娘で、ハジメの妹。でもお互いに面識はない。しかも二人とも、ここが自分の家だと思ってる。さて、二人とも嘘《うそ》をついていないとすると、一体どんな解釈が可能になるでしょう？」

「どんな、って」

「まあ、無理だとは思うよ、キミには。想像力がないし」

……足元を見て首を引っ込めていれば大抵の嵐《あらし》はやり過ごせるというのに、想像力がなんだというのか。

人差し指を軽く振ると、サキは指先をぼくに傾けた。笑いを含んだ目と声で、言う。

「決定的な解釈は、こう。……二つの可能世界が交わっている。嵯峨野ツユが無事に生まれた世界と、生まれなかった世界が」

「……」

「つまり、あたしはあんたの言うツユ。どうよ、これ」

二つの可能世界。オカルティックと言おうかファンタジックと言おうか。どうよと問われれば、答えは一つだった。

「頭大丈夫か、としか言えない」

サキはむっとする気配も見せず、それどころかかえって嬉《うれ》しそうに指を振り立てた。

「大丈夫じゃないかもしれないな。あたしが狂ってるか、あんたが狂ってるか、さもなきゃ状況が狂ってるか。あたしはね、今日は朝から家にいて、いまあんたがどんと居座ってるソファーに寝そべってテレビ見たり雑誌読んだり、それはそれは平和な土曜日を過ごしてた。問題になるのはキミだ。キミ、今日は何してた?」

それは、と答えかけて口ごもる。ぼくかサキか状況か。どれかが狂っているとして、自分の記憶に従うと、どうやら怪しいのはぼく自身だ。それを認めたくなくて、ぼくは強く言い切った。

「答える気にならない。……あんたの言うことは全く信じられない」

「全くって言うと、あたしがここでポッキーかじって寝転がってたってところから?」

「一から十まで、あんたが嵯峨野サキってところからだ」

サキはオーバーアクションで肩をすくめると、処置なしというようにかぶりを振った。

「そこからかあ。でも、それはいくらでも証明できちゃうんだよね。たとえば、そうだね」

　クッションを立って、ドアの脇の飾り棚に身をかがめる。

「保険証見せるのはちょっと無用心かな。えっと、どこにいったかな。ここだったと思うけど」

　その戸棚にはいまぼくが使っている客用カップの他にも、どう見てもみやげ物程度の価値しかない木彫りの熊《くま》や、電池の入っていない置時計、来歴の明らかでないトロフィーなどが置かれていた。そしてその一番端に、赤く縁取られた白い皿が、伏せられていた。

　それに気づいた瞬間、ぼくはそれこそ世界がひっくり返るほどの衝撃を受けた。一瞬、血の気が引きさえした。あの皿には見覚えがある。あれは、確かに、割れたはずの皿だ。徹底的に砕かれて燃えないゴミの袋の一番底に叩き込まれ、とっくの昔にこの家から消え去ったはずの皿がそこにあった。

　ぼくは思わず、戸棚とドアとの間の壁に目をやった。そしてまたしても目を見開くことになる。そこにはどうしても、カレンダーが下がっていなければならないのだ。それなのにぼくの視線の先には何もなかった。傷一つない綺麗《きれい》な白い壁紙が、ぼくの認識を強く揺さぶる。

「ああ、あったあった」

気楽な声と共にサキが取り出したのは、中学の卒業アルバムだった。開かれたページには、セミロングの黒髪にやたら目つきの悪い女の子が写っていて、そこには確かに「嵯峨野」の名が記されている。ぼくはほとんど呆然《ぼうぜん》としていたので、考えることもなく思ったことをそのまま口にしてしまった。

「これが、何か」

「何か、じゃないって！」

開いたページに、サキは自分の手の平をばんと叩《たた》きつけた。

「あたし、あたし！　これあたし！」

栗色《くりいろ》のベリーショートで基本テンション高めのサキと、写真の中のどこか捨て鉢な感じの女の子を見比べる。

「……まあ、そうだって言うなら」

「信用してないね」

「そういうわけじゃないけど、違いすぎて」

短い前髪をかきあげて、サキはふっと笑う。

「見た目で判断しちゃいけないわ……。そのあたしも、やっぱりあたし」

写真のことはどうでもよかった。

砕けたものは元には戻らない。割れた皿がそこにある、それだけで既に、狂っているのが状況だということは明らかだ。ぼくは大抵のことはそのまま受け入れられる。

ぽつりと言った。

「信じるよ」

「そう、この写真はあたしで、あたしは嵯峨野サキ」

「そうじゃなくて、あんたがツユだって」

卒業アルバムに手を置いたまま、サキはじろじろとひとを検分するような目で眺めまわす。ぼくがなおもぼうっとしていると、サキはにやりと笑った。

「……まあ、信じるっていうか、それがキミがうちのドアを叩いてから一貫して主張してきたことなんだよね。キミの言ってることをそのまま解釈すれば、あたしはキミの生まれなかった姉にならざるを得ない。キミは信じるしかなかったんだよ。キミが信じると言ったってことは、キミは最低限自分が言ったことの意味がわかってたってことだね」

「あんたは……、信じてないのか」

卒業アルバムを閉じ、さらりと言う。

「あたしには信じる理由がない」

そして、小さく吹きだした。

「でも、あはっ、あたしの代わりに生まれた弟、か。お話としては、なかなか面白いと思ってたんだよ。これが奇妙な冗談だとしても、あたし、冗談につきあうのって嫌いじゃないんだ。……ま、基本的には、だけどね」

卒業アルバムを戸棚の下の引き出しに戻して、サキはクッションに座り直す。片膝《かたひざ》を立てコーヒーを一気に飲みきると、正座して指を組んだ。

「じゃあ改めて聞こうか。キミ、今日、何してた？」

喉《のど》の渇きを感じ、ぼくも砂糖入りのコーヒーを口に含む。言わずもがなのことは言わない方がいい。自分でも信じられない話だけれど、余計な注釈は入れないでおこう。視線を手元に落とし、口を開く。

「東尋坊に行っていた。

電話がかかってきて、すぐに金沢に戻らないといけなくなった。それで、花を崖下《がけした》に投げ込もうと思ったんだ。そこで……、目がまわって、落ちたような気がして……。

気がついたら浅野川のほとりにいた。とりあえず、家に帰ってきたんだ」

明日の天気でも聞いたような涼しい顔で、サキはポッキーの箱から一本抜き出している。先端だけかじって、ぼくに突きつける。

「無茶苦茶じゃない」

「そうなんだ」

「東尋坊にいたと思ったらそこの川辺にいたって。普通にスーパーナチュラルでしょ、それって。本当に？」

本当かと訊《き》かれると、本当だと納得させられる材料はない。財布の中に、ぼくが最初から白昼夢にいたわけではないことを示すものがあるけれど。

一応、見せる。芦原温泉から金沢への切符。サキはじっと見つめていた。

「……発行日は今日。発行場所は金沢駅。『かえり』の印あり。買っただけで使わなきゃいいんだから、なんの証明にもならないけど。まあ、でも、ねえ。九百五十円の切符を、わざわざ用意したって考える理由も何もないね」

そして、ほとんどはじめて、訝《いぶか》しげな視線をぼくに向けた。

「それが本当だとしたら、あんた見た目より肝が据わってるのかな。家に来たとき、あんた別にパニックって感じじゃなかったよ。あたしなら、わけわかんねーって頭かきむしってるところだけど」

肝が据わっているというのとは、違う。ぼくはその辺りのことであれば、すんなり説明することができる。要するに、こういうことだ。

「わけがわからなかったのはその通りだった。パニックにならなかったわけでもない。だけど……。どうしようもないことは、受け入れるしかないじゃないか」

「ん……」

少しだけ、サキの表情に妙な翳《かげ》りが生まれた。しかしそれは一瞬の間だけ。すぐに頷《うなず》いて、

「ま、頭かきむしっても髪型が乱れるだけで、どうにもならないってのは確かだね」

と笑った。

3

「二つの可能世界が交わった……、なんてヨタを仮説とするんなら、どうやら単に合流したわけじゃなくて、キミがあたしの方に転がり込んできたって形で確定みたいね」

ぼくは小さく頷いた。自分の身に起きたことは確かに異常なことで、物証もここがぼくの知る嵯峨野家でないことをはっきり示している。しかし一方でぼくはまだ、自

分が得体の知れない事態に巻き込まれたという危機感というか、切迫感は感じていない。サキの話を聞きながらぼくが考えていたのは、どうやら兄の葬式のことは考えなくていいらしい、ということだった。ここでは……、サキがいるこちら側では、兄ハジメはとうに死んでいるようだ。確かに兄は時間の問題だったのだから、こちらで多少早く世を去っていてもおかしくない。恋路を邪魔された父母の間で一晩中兄を悼《いた》み続けたりは、しなくてもいいらしい。それは少なくとも、心の休まることだ。

ぼくに聞かせるというより自分の考えを確かめるように、サキは呟いた。

「もしそんなことがあるなら、当然あちこちちょっとずつキミの記憶と違ってるはず。キミはキミで高校一年までこの街で過ごし、あたしもあたしで高校二年までここにいる。人間一人で、何がどれほど変わるのか……」

ぱっと顔を輝かせ、

「あはっ、どんな量子学者にもできない壮大な実験だね、こりゃ」

「そうかな……」

「バタフライエフェクトがとんでもない変化をもたらしてるか、それとも所詮《しょせん》金沢の一高校生が男か女かってだけでは世界はなぁんにも変わんないのか。ねえ、キミ」

おもむろに手を広げ、リビングを大きく見まわして、

「どう？　どこか、キミの記憶と違っているところがある？　間違い探しの要領でさ、あたしに話を聞かせてよ！」

間違い探しという言葉に、ぼくは少しひっかかりを覚えた。こちら側とぼくの側とで差があったとしても、別にそれは間違いじゃないだろう。それを間違いと呼ぶのは、ちょっと残酷じゃないか。……もっとも、二つのよく似たものを比べて差を見つけるという行為を「間違い探し」という遊びに見立てるのは無理のある飛躍ではないので、ぼくは黙っていた。

明らかな違いには、もちろんとうに気づいている。戸棚の中の皿。ぼくの世界では割れて捨てられたそれが、こちらでは単に伏せてあるだけだ。……しかしよく考えれば、その二者の間には、意味的な差はないように思えた。

あの皿には、写真がプリントされているはずだ。三年前に砕かれた。こちらでは砕かれなかった。しかし伏せられている。ならやはり、意味的な差はほとんどないだろう。

サキはぼくの視線を追って、戸棚を振り返った。

「ん？　何か？」

「いや……。別に」

　ぼくは呟《つぶや》き、小さく笑う。

「そうだ、ただ……。ぼくの世界では戸棚とドアの間に、カレンダーが下がっていたんだ。けれど、こっちでは」

　ぐるりを見まわす。そしてぼくは、カレンダーの代わりになりそうなものを見つけた。カレンダーが下がっていた壁とは正反対の側、庭に出られるガラス戸の脇《わき》に、花の籠《かご》盛りを描いた絵がかけられていた。ぼくはその絵を指した。

「あれがかかってる」

「あ、あれはね、ちょっと、ね」

　誤魔化すような、曖昧《あいまい》な笑みが返ってくる。カレンダーであれ絵であれ、それがかかっている理由はきっと同じだ。なら確かに、説明したくないという気持ちはよくわかる。まるで自分のことのように、よくわかった。

　立ち上がって、ゆっくりと部屋の中を巡り歩く。家具類は、どれもぼくの知っているものだった。ただよく見ると、テレビの画面やFAXつき電話機のボタンの間などに、うっすらと埃《ほこり》が積もっている。これは、ぼくの側と違う。

「この部屋を掃除してるのは……、母さんじゃない？」

　途端、サキが苦虫を嚙《か》み潰《つぶ》したような顔になる。

「げっ。そんなことまでわかる?」

「というと、あんたが」

冗談めかしたオーバーアクションで、サキは頭を抱えてみせた。

「そうよ、こないだ掃除したのはあたし。何でわかった?」

「電話のボタンの間に埃が……」

「小舅《こじゅうと》だ! 弟かと思ったら小舅だった!」

ぼくは苦笑いでその叫びを受け流す。別にサキの掃除ががさつというわけではない。単に、母はリビングに対して、とても綺麗好きというだけの話なのだ。

テレビの脇に、ピエロの焼き物が座っている。これは兄が小学生のときに、修学旅行の土産に買ってきたものだ。場所を取るだけで、なんの役にも立たない。こっちでもこんなものを買ってきていたのか、となんだか微笑《ほほえ》ましい気分になった。ところがその表情をどう誤解したのか、サキが半ばやさぐれたような声を投げてくる。

「ええ、ええ、そうですよ。どうせそのステッキが折れてるって言うんでしょ。そうです、それはあたしが折りましたー。掃除中に落としましたー」

言われてよく見ると、確かにピエロの持っているステッキにはひびが入っていた。一度折れたものを、接着剤でくっつけたものらしい。

「……言われなきゃ、気づかなかったのに」

「えっ」

　さっきサキの掃除がさつというわけではないと思ったけれど、どうやらそう決めてかかるのは早かったようだ。

　その他の家具類には大きな違いは見つけられなかった。とはいっても、ガラステーブルにソファー、床に敷かれたカーペットぐらいのものだけれど。どれも傷がつきにくいものなので、使用者の一人が男から女に替わったところでこれといった特徴は生まれない。と結論づけようとしたところではっと気づいた。

「あっ」

　……ガラステーブルの上に、あるべきものがない。いまガラステーブルにはテレビのリモコンと食べかけのポッキーがあるけれど、ぼくの側ではポッキーに替わって、置物が一つあるはずなのだ。

「なんかあった？」

　期待を込めた問いかけに、ぼくは小さく頷く。

「灰皿がない」

　サキの反応は、首を少し傾《かし》げるといったものだった。

「そっか。キミの世界だと、父さんはここで煙草《たばこ》を吸うんだ」

ぼくの側で煙草を吸うのは父と兄で、兄は数から除外していい。そして、ぼくはテレビを見ないので、この部屋にいる必要がない。母は自分の寝室にテレビを持っている。なので、この部屋に長くいることがあるのは父だけなのだ。だから灰皿があり、そこにはいつも吸殻が山盛りになっている。

灰皿がこの部屋にないということは、父はこの部屋に長居しないということになる。

「うーん。変化っていえば変化だけどね。父さんが煙草をどこで吸うか、か。そのぐらいしか、違わないものなのかなあ」

サキはそう言うが、これは結構大きな違いだ。母は父の吸殻を捨てようとしないが、リビングが汚れたままでいるのにも耐えられない。一方の父は、自分がゴミの始末をしなければならないなどとは思っていない。灰皿一つでどれほどの言葉が行き交ったか、想像もしたくない。こちら側では少なくとも、刃のような言葉を投げかけるきっかけは、一つ少ないらしい。

窓に寄ってみると、カーテンの色も庭の様子も、ぼくの知るものと大きな違いは見られなかった。狭い庭に植えられた山茶花《さざんか》は、花の季節が終わりかけている。嵯峨野家の二人目がサキだろうとリョウだろうと、花には変わりがなかったらしい。

花だけではない。何かを期待しているらしいサキには気の毒だけれど、やっぱりおおよそ、大差はないようだ。ぼくはサキを振り返り、それからもう一度リビングを大きく見まわした。いま、この家にはぼくとサキ、それ以外にはひとけはない。兄はこちらではとうにいなくなっているようだし、父と母は……。

「今日は、父さんと母さんは、やっぱり……」

ずっと感情表現豊かだったサキから、すうっと表情が引いたように、ぼくには思えた。少し目を逸《そ》らして沈黙し、やがて溜息《ためいき》を吐《つ》くようにサキは呟いた。

「ああ、キミは本当に、この家の子なんだね。事情をよくご存知だ」

「出かけてるんだね」

一転して大きな笑顔を作ると、サキは肩をすくめてやれやれとかぶりを振ってみせた。

「いい年して、まったく、ね」

元のソファーに腰かけて、冷めかけたコーヒーを一口飲んで、ぼくは言う。

「家のことに関して言うと、やっぱり、あんまり変わってないみたいだ」

「ええー。ざ、残念」

そう嘆き、サキはガラステーブルに突っ伏した。

「変わんないのかぁ」

そのベリーショートの頭を見下ろしながら、ぼくは少し、胸の苦しさを覚えた。こちら側とぼくの側で大した差がないなら、家族についてはサキもぼくとほぼ同じ経験をしているということになる。誰とも……、諏訪ノゾミを除いては誰とも分かちあったことのない経験を、サキとぼくとは最初から共有している。

玄関先で顔をあわせてからまだどれほども経《た》っていないけれど、どうやらサキはかなり陽気な性格をしている。外側からは、単に陽気というだけに見えるだろう。しかしぼくは、少なくともこの家の中で普段は、サキもそんなふうではいられないということを知っている。二つの嵯峨野家が変わらないことを嘆く気持ちも、ぼくにはよくわかるのだ。

……隠しごとは必要ない。わかってもらう努力すら。ぼくはノゾミが死んで以来、一度も口にしなかったことを話そうと思った。

「ぼくは、自分がかわいそうだと思ったことはないんだ。全部、どうしようもないことだったから。どうしようもないなら受け入れるしかないんだから、かわいそうとかそういう話じゃないと思ってた。

だけど、あんたが俺と同じ立場だと思うと……。正直、気の毒で仕方ない。よく、それだけ明るくいられるなって、感心する」

サキがはっと顔を上げる。まともに目が合った。呆《ほう》けたような弛緩《しかん》した顔つきで、サキは一度、二度とまばたきし……。

そして慌《あわ》てて、自分の顔の前で手を振った。

「い、いやいやいや。なんか違う」

思わぬ反応に、ぼくは一瞬ぽかんとした。

「どっかに『ああ、勘違い!』みたいなのが潜んでるよ」

「……違う?」

「なんだろ。根本的な誤解というか思い込みというか、臆断《おくだん》があるみたい。どこかな。ちょっと待ってね、えっと」

両手の親指をこめかみに押し当て目をつむると、サキはぐりぐりと指を動かす。やがて目を開け、リビングのあちこちに視線を走らせ始めた。どうやら彼女は、ぼくが見ていたものを見ているらしかった。ぼそりと呟いたことには、

「ええっと、つまり……」

傍から見ていても、サキが思考にのめりこんでいるのがわかった。

この集中力は、ぼくにも、兄にも見られないものだと思った。父にも、母にも。家

族の誰にもない特質を、彼女だけは持っているらしい。

しかしその思考は、無粋な電子音に妨げられた。

甲高く、少しだけ神経に障《さわ》る電話のコール音。ぼくの側でもこちら側でも、この機種の呼び出し音のトーンは変わっていないらしい。何せ自分の家のリビングで自分の家の電話が鳴っているのだから、ぼくはごく自然に腰を浮かしかける。しかしサキが素早く手を伸ばしてぼくを制した。

「キミは、この家に住んでる嵯峨野リョウくんじゃないんだよ」

……ああ、そうか。

受話器を取り、サキは馴《な》れた調子で嵯峨野ですと名乗った。が、たちまち表情を苦らせて、

「あのね。いちいち報告しなくていいから。……そりゃ美味《おい》しいでしょうよ冬の海の幸なんだから。だからってあたしは美味しくないじゃない。……別に何もいらない。……いいって。……っていうかあたしはイカは嫌いなんだってどうやったら憶《おぼ》えてくれるわけ？　はいはい、そうですね。……母さんの膝《ひざ》はどう。ああ、それならいいけど。じゃ、もう切るよ。あーはいはい、おめでとうございます。じゃあさよなら」

明らかに話の途中だったらしいけれど、サキは無理矢理に電話を切った。

「ほんっとに、いちいち電話しなくていいってのに！」

などと毒づいている。まさかと思いつつ、ぼくは訊《き》く。

「いまのは」

「ん、父さんだけど」

父？

ぼくは、言葉を失った。

顔も引きつっていたかもしれない。

そして、その反応そのものが、サキへの大きなヒントになった。

「あ……。そっか。なるほどね、そういうことか」

満足のいく結論に辿《たど》り着いたらしく、サキはにんまりと大きく笑った。

「これで説明がついたよ。キミが何を勘違いしたのか」

人差し指を立て、伏せられた皿を指す。

「キミが注目してたのは、何よりあれだよね。あの皿」

見抜かれていた。ぼくの目の動きがそんなにわかりやすかったのか、それともサキが目端が利《き》くのか。指を振りたて、サキは続けた。

「キミはあの皿が伏せられているのをじっと見てた。だけどその後で、別に大したことないって感じで流してたね。

ということは、キミの世界ではあの皿は伏せられているわけじゃないけど、伏せられてるも同然だった、ってことになる。それがどういう意味なのかちょーっと想像がつきかねたんだけど、いまのキミの反応でわかったよ」

立ち上がって、サキはその伏せられた皿の前に立った。ぼくに向けて、それをゆっくりと起こす。そこには、若い男女が寄り添って、硬い笑顔を浮かべていた。ぼくの側のあの皿にも写真がプリントされていた。……父と母が結婚したとき、新婚旅行先の別府で撮った写真が。

「この写真が伏せてあるところに、キミは『結婚記念の写真がプリントされた皿は不愉快なものとして扱われている』って意味を見出《みいだ》したんじゃないかな？」

「それ以外に、どんな解釈が……」

「解釈っていうか」

サキはその皿を立てたまま、ゆっくりと手を離した。……途端、皿はぐらりと傾いでしまう。戸棚から滑り落ちる寸前に、サキが受け止めた。僅《わず》かに浮かんだ笑みは、照れ笑いか。

「結構前なんだけど、掃除中に落としてさ。皿は無事だったんだけど、台座の爪《つめ》が折れちゃった。これ、立てようと思っても立たないんだよ。キミには悪いけど、それだけのこと」

ぼくは口をつぐむしかない。ピエロを落としたサキだ。皿も落とすだろう。

『皿は不愉快なものとして扱われている』ことが二つの世界で同じだとキミは考え、だけどキミの世界では皿は伏せられてたわけじゃない。これは結論出しやすい。

この皿、キミの世界では、割れたんだ」

……ぼくの側では、投げつけられた缶切りがたまたま皿に当たった。そのときは二つに割れただけだったけれど、床に落ちたそれを父が無言で踏み砕いた。

こちら側で皿が割れていないのは、単に缶切りが皿から逸れたから。そう思ったのに。

「父さんも母さんも出かけてるのは、いい年して二人で週末旅行に行ってるからなんだけど、キミはそうは思わなかった。キミにとっても、週末には二人とも出かけているることは自然だった。でも、意味合いは大分違いそうだね。キミにとって自然だったのは、二人とも出かけているけれど、二人で出かけているわけではないこと。

とすると。……キミの世界の父さんと母さんは、酷《ひど》い状態から抜け出せなかったみたいだね」

同じ両親を持っている嵯峨野サキから、酷い状態、と言われてしまった。そうだったのだろうか。物心ついたときからぼくを取り囲んでいた状況は、もちろん受け入れるしかないものだったのだけれど。

4

恐らくサキにとってもそうだったと思うのだが、ぼくにとっては父に母以外の恋人が、母に父以外の恋人がいることは最初から明らかなことだった。一番古い記憶は、家のまさにこのリビングに母と、父ではない男がいて、男の言った何事かに対して母がこう言ったというものだ。

「大丈夫よ、まだ何もわからないわ」

確かにそのときはわからなかったが、その代わりに憶えていたというわけだ。多分、小学一年生の頃……、もしかしたら幼稚園児だったときの記憶かもしれない。

父については、それよりもう少し遅かった。とはいえ、小学三年の頃にはもうはっきりしていた。その頃、母の入浴中や外出中に、父はよく電話をかけるようになった。家ではにこりともしない父に対してぼくが持っていた印象は、いまの語彙《ごい》に照らせば謹厳ということになると思う。怖かったが、好きだった。しかし母の留守中に電話をかける父の頬は緩みきっており、言葉尻《ことばじり》は甘く延び猫なで声のようで、ぼくはそれを聴くことにほとんど耐えられないような気持ちでいた。

やがてぼくに分別がつきだすと、両親の行動はそれぞれ少しだけ慎重になった。母は恋人を家に招くとき、ぼくを外に遊びに出すようになった。父は電話を切ると、訊いてもいないのにぼくに向かって「仕事だ」と言うようになった。いまでも憶えている傑作な話がある。おそらく仲がこじれたものと思うけれど、女の方から家に電話がかかってきたことがあった。その電話をとったのはぼくだった。女はどうやら泣いていたらしく、大人の泣き声なんてものを聞いたことのないぼくは大変に戸惑った。

「あのひとを出してよ！」

あのひとというのが父のことだとわかるまで少し時間がかかり、多分女は随分とやきもきしただろう。電話に出た父は慌てふためき、電話の相手を宥《なだ》めすかし、下手に出て、最後には恫喝《どうかつ》した。眦《まなじり》を吊り上げて受話器を叩《たた》きつけた父は、すぐにむっつりとした無表情に戻り、ぼくに「仕事だ」と言ったのだ。アホかと思った。当時ぼくは小学校六年で、我が家が普通じゃないことにはとうに気づいていたのだ。

母の方には、笑えるエピソードはあまりない。中学生のとき、クラスにラブホテルの経営者の息子がいた。性に目覚めるお年頃、彼は頑張って家の仕事を隠していたようだが、気の毒なことに隠して隠しきれるものではなかった。やがて露見してさんざんにからかわれていたが、彼は生まれつきの被害者というタイプではなかったため、一ヶ月も過ぎれば彼が受けるのは好奇の視線ぐらいになっていた。ぼくはどうも彼が苦手だった。それはそうだろう、母がそのホテルのサービスチケットを、よくガラステーブルに撒《ま》き散らしていたのだから。母は父や兄の前では実にうまく隠した。しかし、ぼくの前ではこれほど油断して、しかもバレてないと思っているようだった。

……まあ、母についてはこれぐらいだ。

兄はよほど鈍かったのか、それとも運がよかったのか。あるいは両親がぼくを侮《あなど》ったようには兄を侮らなかったのか。父と母がそれぞれそうであることに気づいたのは、兄が中学三年のとき、ぼくが小学五年のときだった。

ぼくは物心ついたときから知っていたので、ショックとかそういうものはほとんどなかった。漫画で時々見るような誠実な夫婦というのはフィクションだと思っていたけれど、実在しないこともないのだと気づいたときが一番ショックだったかもしれない。しかし兄にとってはそうではなかった。

彼は反抗期のど真ん中で、ついでに純愛の真っ最中だった。「大人なんて信じられねえ」と兄は叫んだが、ぼくはそんな台詞《せりふ》を吐いてしまう人間が本当にいたことが信じられなかった。ある種、感動さえ覚えた。何かに録音しておけばよかったといまでも思う。まあ、兄にも同情すべき点はある。父も母も、兄には厳しかった。無口な父が兄に向かって「スジは通せ」「曲がったことをするな」とこれもまたいまにして思えば二束三文の教訓を垂れていたところはよく見かけたけれど、もし兄がまかり間違ってその父の教えを奉じていたとしたら、実像を知ったときの衝撃が甚だしかったということも、理解できなくはない。

さてそうしてぼくが知り、兄が知ったが、ほとんど信じがたいことにまだ夫婦はお互いの行為を知らなかった。事態がどうしようもなく悪化したのは三年前。ぼくが中学一年のときのこと。最初に母の行為を知ったのが小学一年のことだったとすれば、実に六年以上、夫婦はお互いに知らずにいたのだ。隠したいと思う相手には隠せるものだなあ、と感心せざるを得ない。この間、二人がそれぞれの相手を一人に絞っていたのか、あるいは取っかえ引っかえしていたのか、そこまでは知らない。二人分の

「遊興費」は馬鹿《ばか》にならなかったと思うが、といって家計が破綻《はたん》していたということはなかった。

しかしまあ、時間の問題ではあったのだ。露見しない時間が長く続けば、警戒は薄れていく。ぼくはこの真理を両親を通じて体得した。そして、悪いことは重なるものだ、ということも。

中学一年の夏、父は母の行為を、母は父の行為を知った。どちらが先だったか厳密に思い出すのは難しいけれど、まあ大体、ほぼ同時だったといっていい。自分がしていたことを配偶者もしていたと知ったとき、ぼくの両親はどうしたか。

ぼくは、実は、事が穏便に済むことを期待していた。

「なんだ、お前もだったのか」

「お互い様の似たもの夫婦ね」

あはははは。

……そんな風に済むんじゃないかと、夢を見ていた。

実際は、その夜ほど、家財道具が破壊された日はなかった。舞台装置としてはおあつらえ向きに、大雨の夜だった。結婚記念の皿が砕かれたのも、その夜のこと。

その夜以来。

嵯峨野家は、一挙手一投足をお互いが見張る、ちょっとスリリングな場所と化した。ぼくは誰も見張らなかったけれど、見張られてはいた。何のために見張るのか。決して、不義密通を阻止するためではなかった。おそらく、こうまとめることができるだろう。父も、母も、そして兄も、誰かの落ち度を見つけて冷え切った言葉を投げつけるために、互いを見張っていたのだ、と。

ぼくは、首を引っ込めていた。家で一番年下のぼくはそうするしかなかった。そしてその姿勢が、「そうやって親を馬鹿にしていればいい」とか「誰の金で食ってると思ってる」とか、そういう皮肉を誘うことになるのだが、皮肉で済むのなら安いものだった。困ったのは、母がしばしば食事を作ってくれなくなったことだ。正確には、同じ食卓にぼくの食器を並べることを拒むようになり、そして母と兄が食べればちょうどなくなる量に加減して食事を作るようになった、ということだ。これはこれで、高等技術だったのかもしれない。

これは別に兄を贔屓《ひいき》しているわけではなく、どうやらぼくを父派だと思ってのことらしかった。「お金ならあのひとに貰《もら》ったら?」というわけである。もっとも、腹をすかせたぼくは、新聞配達のアルバイトにありつくまでは、父の母への情熱を逆用して食費を無心していた。資金の流れから言えば、確かに父派ではあった。

ミクロな監視社会は続いていて、いつ終わるともしれない。どう考えても最悪の居心地をなぜ年単位で維持できるのか、ぼくにはその熱意が理解できない。好き好んで針のむしろに座り続けているようなものだ。いくら週末の度にそれぞれの恋人と落ち合って楽しんでるといっても、そこまでお互いの存在が気に食わないなら離婚という制度もあるだろうに。そう思ってある日、父に訊いてみた。父は親切に、何も知らない子供に教えてくれた。

「結婚しているとしてないとでは、社会的な信用が違う。子供だっているといないとでは、会社でまわりの目が違う」

なるほど。もっともらしい。

母の方は、観察するうちにわかってきた。母は外部に向かって良妻賢母というキャラクターを演じることに深い情熱を持ち続けている。他の部屋はゴミ溜《た》め同然のままにしていても玄関とリビングだけは磨き上げるように掃除するのはそのためで、例の灰皿の吸殻も、刃物のような言葉の応酬の末には、リビングを客を迎えるのに相応《ふさわ》しい状態に保つため母が始末するのが常だった。……ただ、まあ、そのキャラクターを周囲の皆さんが真に受けているかどうかは、少々疑問が残るのだけれど。

酷い状態と言われれば、まあそういう見方もできるかな、と思わなくもない。

「俺が物心ついた頃には、二人はもう、あんなだった。だったら確かに、こっちでもそうだったんだろうな」

「ま、ね。おかげで恋に恋する乙女にはなり損ねちゃった」

そう言って、サキはおどけて肩をすくめる。

「あんたの言うことは当たってる。俺の側じゃ、あの皿は粉々になったんだ。……ただ、わからない。多分だけど、あの二人はもう末期だよ。なのにこっちでは、二人で海の幸だなんて。……どうしようもなかったのに」

努めて淡々としたぼくの言葉に、サキはあっけらかんと答えた。

「あー、でも、あたしのとこも結構ギリギリいっぱい崖《がけ》っぷちまで行くことは行ったよ。何か叫んでるから駆けつけたら、やばいよ夫婦喧嘩《げんか》とかそういうレベルじゃないよ血を見るよ、ってことになってた日が」

はっとする。思い当たることが、あった。

それはもしかして、

「三年前の夏、大雨の日？」

サキは首を捻《ひね》った。

「……そう、かな？　雨だったのは憶《おぼ》えてる。あたしが中二だから、そうだね、三年前だ」

「それまで気づいてなかったのに、お互いにお互いのやってることに気づいた日」

「そうそう。おおっ、すごいね、二人目の子供があたしだろうがキミだろうが、ばれるのはあの日だったんだ」

腕を組んで、サキはしきりに感心する。

あの日が、サキにもあったのなら。……あの日、父も母も完全に激昂《げっこう》し、誰の言葉も耳に入らないようだった。ましてぼくの言葉なんか。どうしようもなかった。

それはサキも……。

「同じだったはずだ」

「え？」

「あの日……。母さんは完全にヒステリーだったし、父さんは自分のことをまるっきり棚に上げていた」

怒号で交わされた互いの主張は矛盾したものだった。母の主張はこうだった。父が女を作って遅くまで帰らない日ばかりだったから自分も男を作った。父の主張はこうだった。母が男を作って家族に冷淡だからそれならと思ったと。卵と鶏どっちが先か、巡る因果の糸車。その日まで相手のことを完全に舐《な》めきって気にしたこともなかったくせに、よく言えるとぼくは感心した憶えがある。論理破綻した責任転嫁《てんか》と台所用品が飛び交っていた夜、もう、何もかも手遅れだったはずだ。

しかしサキは言う。

「だから、崖っぷちだったって言ってたでしょ」

「崖から、落ちなかったと？」

「まあ、首の皮一枚残したね」

中空を見上げて、

「そう言えばあの日が転機だったね。それまではどうも父さんと母さん、お互い相手のことをあんまり人間って思ってなかったみたいだけど、あの日から変わり始めたのかも。いまは、こうだからねー。いい年してべたべたと、これはこれでみっともないよ」

みっともないかもしれない。が、それは、冷たい刃を投げつけあうよりどれほどマシな日常であることか。

「だけど……。あんたが何かしたわけじゃないんだろう？　あんたも、何もできなかったんだ」

「あー。何でそう思う？」

「だって、あそこに絵がかけてある」

ぼくは窓際《まどぎわ》の、花の籠《かご》盛りを描いた絵を指さした。

「あの夜、俺だって何とかならないかと思った。けど、口を挟もうとした俺に、母さんは……。いくら手が触ったからって……。包丁を投げつけてきたんだ！」

それは菜切包丁で、先端は尖《とが》っていなかった。しかし仮に、あのとき母が触ったのが出刃や柳刃だったとしても、やはりきっと投げつけられたことだろう。

「一階で騒ぎが始まったのを聞いて、俺は二階の部屋から降りてきた。そしてしばらく廊下で立ち聞きし、とうとうお互いのことに気づいたんだって悟った。だけど、二人とも自分のことを棚に上げて、あんな言い争いを始めるとは思わなかった。俺はそのドアを開けて、二人を止めようとした。けど、刃物を投げてくるなんて正気の沙《さ》汰《た》じゃない。俺はもう駄目だと思った。……どうしようもなかったんだ。

包丁は俺には当たらなかった。ドアと戸棚の間の壁に当たって、壁紙を切った。母さんはそこをみっともないと感じたらしかったけど、壁紙を貼《は》りなおすつもりまではなかった。だから、そこにカレンダーをかけたんだ。このリビングにはカレンダーはない。でも、絵がかかってる。立っていた位置は違うけど、あんたも滅茶苦茶《めちゃくちゃ》をやられたはずだ」

ぼくはソファーを立ち、窓際の絵を持ち上げる。

そこには、ぼくの思ったとおり、大きな傷跡が残っていた。しかし刃物によるものではなかった。大きく陥没し、壁紙は蜘蛛《くも》の巣状に少し裂けている。これは多分、鈍器によるものだ。フライパンか、何か……。

その傷跡を見下ろしながら、ぼくは呟《つぶや》く。

「あの夜、誰にも、何も、できなかったはずだ」

そして、気まずい沈黙。

柄にもなく上気したぼくは、大きく息を吐いて呼吸を整える。

背中越しにかけられた声には、戸惑いが滲《にじ》んでいた。

「いや、ま、事の次第はあたしも大体同じだったけど……」

振り返ると、サキの眉根《まゆね》に皺《しわ》が寄っていた。

「参考までに訊《き》くけどさ。キミ、この部屋に駆けつけたとき、何て言ったの。止めようとした、って言ったよね」

「何て、って」

自然と、顔が俯《うつむ》いてしまう。あの夜のことはあまり思い出したくないのだ。廊下で様子を窺《うかが》っていて、ヒステリックな叫び声に思わずドアを押し開けて……。

そうだ、ぼくはこう言った。

「『落ち着いてよ。お互いさまじゃないか』」

ぼくの言葉に、サキは小さく頷《うなず》く。

そして、ぼくにぴっと人差し指を突きつけた。

「それは想像力がなさ過ぎる」

「……」

「まあ、事実なんだけどさ。あの場面で二人が触れられたくなかったのは、『自分も同じことをやっていた』って一点でしょうが。一番の地雷原にもろにつっこめば、そりゃ怪我《けが》するよ。痛いところをつつくのは、時と場合を選ばなきゃ。

……想像してよ。その陥没跡、母さんの仕業じゃないよ」

サキの指先はぼくから逸《そ》れて、壁の絵に向けられる。

「もしそこに母さんが何か投げてきたんだとしたら、あたしは窓際に立ってたってことになる。あたしは叫び声で駆けつけたんだから、そうなるとあたしは窓の外……、庭にいた、ってことになっちゃうでしょ。大雨の夜に。

違うよ。あの場で、説得めいたことをしちゃったら通じるわけがない。毒は毒で制さなきゃ」

「毒……。制する、だって？」

「あたしは玄関に取って返して、花瓶を持ってきた。そして、ヒートアップしてた二人の真ん中に思いっきり投げ入れて、肝を冷やさせて、後はぶちキレてみせたのよ。あの晩が岐路だって、あたしにはわかった。今晩、もし二人が罵《のの》りあったまま終わればさ、手の施しようがなくなるって。落としどころはまあいろいろあっただろうけど、あたしが思いついたのはベタなところで『あいつは許せないけど、子供のためにもう一度話し合ってみよう』だったね。そして、そう誘導するには、親の都合で泣きを見てる子供を全力で演じなきゃ。

せっかくキレやすい世代ってことになってるんだからさ。ぶちキレは計画的に、ってね！」

岐路。

サキの言葉の中で、その単語だけがぼくの頭の中でリフレインしている。

岐路。分かれ道。……あの夜は、必然的にそうなるしかなかった通過点ではなく、分岐点だったと言うのか。

どうしようもないことであれば、ぼくは何でも受け入れることができる。だけど。

こんなことは。

黙りこんだぼくに、サキが声をかけてくる。

「まあ……。泣いてもいいよ、弟よ」

ぼくは呟いた。

「泣く？　誰のために」

5

冬の日は短い。目覚めてからどれほども経《た》っていないのに、もう外は真っ暗だ。

「で、キミはこれからどうするの」

どうしようもあるわけがない。たとえ針のむしろだろうがなんだろうが、ぼくの家はここだった。けれど、ここはぼくの家ではない。

「わからない……。東尋坊でおかしなことになって、浅野川の河川敷で気がついたんだから、その二ヶ所にとりあえず行ってみようかな」

「あたしも、さすがに別の可能世界への帰り方となると、想像しかねるね。どっちにしても、今夜はもう動けないでしょ」

「……俺の部屋は、どうなってるのかな」

「二階だったよね。階段の上りたて？ それとも右の部屋？」

「右の方」

「あー。それあたしの部屋になってる。兄貴の部屋なら、いまは何にもないよ」

兄の部屋、か。何もないというなら、こだわることもない。しかし……。

「泊めてもらえるのか」

サキは僅《わず》かにしかめ面《つら》をした。

「正直、ヤだね。父さんも母さんも、明日にならないと帰ってこない。確かにキミはどうも嵯峨野家の二人目の子っぽい。だけどね、初対面の男の子と一つ屋根の下で二人っきりってのは、どうもね」

「……まあ、そうだろうと思うけど……」

仕方がない。ここはサキの家なのだから。

ただ、ぼくはほとんど金を持っていない。野宿するのに、十二月はいい季節ではない。この世界がぼくの生まれなかった世界だというなら、友人さえ一人もいないのだ。そう考えると、どれほど辛辣《しんらつ》な日々だったとしても、これまで屋根とベッドに不自由してこなかったことはありがたかったのだと言える。だからせめて幸せだったのだ、とまでは言う気にならないけれど。

「仕方ないな。香林坊に行けば二十四時間営業のネットカフェか何かがあるだろ」

「ま、風邪引かないようにね」

サキは玄関先まで送ってくれた。去りがけに、ぼくは気になっていたことを訊いてみた。

「なあ……」

「ん？」

「どうして、俺を家に上げたんだ。あんたから見れば、俺はどう考えても電波なやばいやつだったろうに」

「ああ、ね」

人差し指を立て、

「まず。キミは活力ゼロの人畜無害くんだと思ったから、暴れても何とかなるんじゃないかなって」

次に中指を立て、

「そして、スクーターのことでテストしたでしょ。

キミの言ってることは、あたしがキミの生まれなかった姉だって意味だった。そんなヘンなことを作り話で言えるような想像力のある子か、試したの。あそこで想像力を見せつけられたら、キミは変な話で家に上がりこもうとしてる不審者だった。けど、キミの想像力は貧困さ全開！　空飛ぶスクーターって言われても貧困認定してたけど、まさかそれを下まわってくるとは思わなかった。こりゃもしかしたら、本当のことを言ってるのかと思ってね」

理屈は合っている、のか。そんなテストをすぐその場で思いついたというのなら、それが想像力かどうかはともかくとして、サキには何かがある。

そしてサキは薬指を立てた。

「で、まあ、割と直感的な理由もあったんだけど」

言葉を切ると、ぼくの目を覗《のぞ》き込んでくる。三本立てた指を人差し指だけにして、サキは自分の瞳《ひとみ》を指さした。

「ここが、ね」

サキの瞳は、綺麗な鳶色《とびいろ》だ。玄関には鏡が下げてある。父が出かける前にネクタイをチェックするのだ。ぼくはそれに目をやった。

そうか。見覚えがあるはずだ、鳶色の瞳。……ぼくの瞳も、鳶色をしている。

鏡の中でサキが微笑《ほほえ》んだ。

「落ち着いたら、電話してきて。もっと話も聞きたいし」

家の電話番号を聞く必要は、ないだろう。

……それと、あと、もう一つ。

「なあ」

「ん？」

「俺は、なんて呼べばいいんだ。……サ、サキさんのこと」

サキさん、という言葉に思い切り詰まってしまう。見知らぬ女、あるいは生まれなかった姉。すぐに名を呼ぶのは難しい。サキは目をしばたたかせ、そして苦笑した。

「第一印象がお互い詐欺師《さぎし》だったからね。いまさら、丁寧には呼べないな。いいよ、『あんた』で」

「……悪いな」

「あたしも、キミって呼ぶしね」

頷いて、ぼくは踵《きびす》を返す。

ぼくの居場所ではないぼくの家を、後にする。

第二章　希望の街

1

諏訪ノゾミと初めて言葉を交わしたのは、カーテン越しにだった。

中学校の保健室、二つ並びのベッド。窓側のベッドにノゾミが、廊下側のベッドにぼくが寝かされていた。三年前の秋、家庭事情の悪化に伴いぼくも多少は参っていたらしく、理科の実験作業中に理科室のリノリウムに突っ伏す醜態を晒《さら》してしまったのだ。過呼吸だった。

ぼくのことはいいからお前が日に当たれと言いたくなるほど痩《や》せて肌の白い保健委員の肩を借り、ぼくは保健室まで辿《たど》り着いた。そしてそれから十分もしないうちに、その保健委員はもう一人の客を連れてきた。それが、諏訪ノゾミだった。

ノゾミとぼくとは同じクラスだったけれど、言葉を交わしたことはなかった。彼女は目立つ存在ではなく、かといって集団に埋没しているわけでもなかった。いつも目を伏せていて、教室でははしゃぐどころか笑うところすら見せたことはない。それだけなら地味な子とくくってしまってもよさそうなものなのに、何故《なぜ》かどこか垢抜《あかぬ》けた感じがするなと思っていた。少し小柄で、目鼻立ちはあまりはっきりしている方ではないけれど、それがかえって和風女性といった雰囲気を生んでいた。

肌の白い保健委員は理科の授業時間の大半を保健室への往復に使わされ、苦笑いしていた。ぼくは少し平衡感覚がふらつくぐらいでほぼ調子を取り戻していたので、照れ隠しの意図を多分に込めて彼に軽口を叩《たた》いた。

「ご苦労。まさか過呼吸のペアルックじゃないだろうな」

彼はぼくとノゾミに貸した肩をぐるぐるとまわしながら、口の端で笑った。

「いや、貧血らしい。じゃ、ごゆっくり」

保健委員が行ってしまうと、保健室にはぼくとノゾミの二人だけになった。養護教諭はいなかったのだ。

学校標準の壁かけ時計には秒針がついていないけれど、養護教諭の机の上の置時計にはついていた。じっと沈黙しているとその秒針の音がこちこちと、室内に響くようだった。

　話しかけたのはぼくの方だった。

「貧血だって？　大丈夫？」

　二つのベッドの間はレモン色のカーテンで仕切られ、ノゾミの姿はシルエットのように見えていた。もしかしたら、ノゾミは目をつむって眠りかけていたのかもしれない。返事が戻るまでには随分と間があった。

「……大丈夫。ちょっとふらっとしただけ」

　ノゾミの声は少しかすれていて、普通に話していてもどことなく囁《ささや》きめいた雰囲気が漂ってくる。ましてこのときのノゾミは実際に小声だったので、何てことのない返答もまるで打ち明け話のように響いた。

　慎重に探るような声が、それに続いた。

「嵯峨野くん、だったよね」

「珍しい苗字《みょうじ》だろ」

「わたしのも、結構珍しいよ」

　ぼくはこのとき、ノゾミの名前を憶《おぼ》えていなかった。他の子とは少し違うなと思っている程度で言葉を交わしたこともない女子のことだ、仕方ないだろう。ぼくが沈黙した意味を、ノゾミは正確に汲《く》んでくれた。

「諏訪。諏訪ノゾミ」

「ああ、そうだ。ごめん」

その名前を忘れないよう、ぼくはしっかりと脳裏に刻み込んだ。

「……諏訪さんは、小学校はどこから？」

しかし、中学校ではごくありふれたこの質問にも、なかなか答えは返らなかった。ノゾミはためらっていたのだ。多分、ごく限られたひとにしか話してなかったのだろう。もしかしたら、ぼくが最初だったかもしれない。

やがて、ためらいを含んだ声が。

「わたし、金沢のひとじゃないの。小学校は、横浜」

「そうなのか」

「逃げてきたのよ」

その言葉はほとんど独白のようで、実際ぼくは何かの聞き違いだと思った。

「え？」

「……ごめん、嵯峨野くん。わたし、少し眠るね」

そしてその後は、静かな呼吸と秒針の音が聞こえるだけだった。

それ以来、通学路でよくノゾミを見かけるようになった。これまでも同じ道を通ってはいたけれど、彼女の存在を意識し始めて目に留まるようになったのだろう。彼女は横浜から引っ越してきたのだと言ったけれど、そのせいだろうか。登校のときに見かけても、下校のときに見かけても、彼女はいつも一人だった。気をつけて見ると、たとえば昼休みにパンを食べるときなどは一緒に机を囲むグループはあっても、親しげに会話を弾ませていることは一度もなかった。

季節が秋から冬に変わりかけた、ある雲の厚い日。冷え冷えとした風が吹きぬける帰り道で、信号待ちをしているノゾミと並んだ。このとき信号を待っていたのは、たまたまぼくとノゾミの二人だけだった。横目でノゾミを見ると、ぼくに気づいているのかいないのか、ノゾミはいつものように俯《うつむ》き加減だった。

少しだけ話したことがある相手というのは、どうも気まずいものだ。ぼくは歩行者用信号の赤をじっと見つめていた。不意にかすれた声をかけられて、ぼくは一瞬それがノゾミの声だと気づかなかった。

「嵯峨野くんの家も、こっちなんだ」

「ああ、うん」

「嵯峨野くんは、ずっとこの街に住んでいるの?」

「そうだよ」

ノゾミは首をめぐらせてちらりとぼくを見ると、また元のように目を伏せた。

「……この街、好き？」

囁くように問いかけられ、ぼくは戸惑った。思うところをそのまま答える以外のことは浮かんでこなかった。

「考えたこともない」

言ってからその返答があまりに考えなしだと気づいて、言葉を付け加える。

「この街で生まれたからここにいるだけだし、他の街のことを知らない……。好きかどうかって、比較論だろ」

ノゾミは何も言わなかった。

信号が青に変わった。ぼくとノゾミは、どちらからともなく並んで歩き出す。やがてノゾミがぽつりと言ったのは、短く率直な言葉だった。

「わたしは、嫌い」

ぼくは少したじろいだ。ノゾミの声でそう言われると、この街のことだけでなく、もっと広く何もかもを呪《のろ》っているように聞こえたから。

「……横浜が好きだったから？」

「別に、好きじゃなかった。でも……」

ノゾミはゆっくりと、空を見上げた。もうすぐ冬という時期、既に日は暮れかけて、落ちてきそうな分厚い雲が空の全《すべ》てを覆《おお》っている。雨は近いだろう。

「朝は晴れていたのに、夕方にはこんなふう」

視線を下ろすと、ノゾミはぼくの方を見た。

「この街は、雨が多すぎて」

それがまるでぼくのせいだと言われているようで居心地が悪かったけれど、ノゾミの嫌いという言葉は呪詛《じゅそ》めいた意味ではないことがわかって、少しだけほっとした。

「この辺ローカルの、諺《ことわざ》があるんだ。『弁当忘れても傘忘れるな』」

「本当にそんな感じ」

浅い溜息《ためいき》。

「晴れ間が見たいと思っても、いつも雲ばかりで」

「海を渡ってくる風のせいだ。どうしようもない」

「どうしようもない……。そうだけど。でも」

口許《くちもと》が、ほんの少しだけひきつるように動いた。どうやらノゾミは、微笑《ほほえ》んだようだった。

「わたし、青い空が見たい」

声の響きが、その単純な希望を切なる願いのように聞こえさせる。しかし何ができるわけでもないぼくに、よりによって天気を要求されても、困り果てるしかなかった。

ぼくたちが歩く道は家々の間を縫うもので、道幅は狭く、センターラインこそ入っているものの歩道はない。所々ひび割れたアスファルトに白線が引かれ、車の領分と人の領分を分けていたけれど、人の領分は平均台のように狭く、時々車が通りがかるとぼくたちはほとんどコンクリート塀に貼《は》りつくようにしなければならない。二人横並びに歩いていたぼくたちは、あるいはぼくが前に立ち、あるいはノゾミが前に立ちして車をやりすごした。

道の途中に、木が生えている。ほとんど葉を落としたイチョウが、道の上に枝を伸ばしている。古木といっていいだろう。またしてもコンクリート塀に貼りつきながら、この道を通る者全員が抱く感想をノゾミが代弁した。

「あの木、邪魔だよね」

イチョウは幹の半分ほどを道路にはみ出させていて、そのためイチョウの前でだけ、道路が片側一車線からただの一車線になっている。

この道は、もともとそんなに交通量が少ないわけではない。金沢城の周辺で繰り返される交通渋滞の抜け道になるので、朝は結構な量の車が押し寄せ、そして毎朝このイチョウのところでぎゅうぎゅう詰めになる。

「どうして、切らないのかな」

それも、誰もが抱く疑問だ。それについてはぼくも聞いたことがあった。すぐ脇《わき》を走り抜けていくRV車に文字通り肩身を狭くしながら、訳を話した。

「この道路を広げるとき、地主のばあさんが切らせなかったらしい。市の方で随分と交渉したけど、絶対に譲らなかったんだって。死んだじいさんの思い出がどうとか聞いたけど、本当かどうか」

「ふうん」

気のない返事に続いて、小さな一言。

「死んじゃえ」

「え？」

確かに「死んじゃえ」と聞こえた。もちろん、木を売らなかった地主に対する罵《のの》りだっただろう。ぼくは少しだけ、幻滅した。ノゾミが地主を、公共のために私財を投じなかったという理由で罵ったのだと思ったから。そこに「みんなのためになることをしなさい」と胸を張るいやらしさを感じたから。

だからというわけでもないけれど、二人の道が分かれるまで、後は無言だった。別れ際《ぎわ》、ノゾミは「じゃあね」と声をかけてくれた。

ノゾミとの会話は、ぼくにとってまだ、特別なものではなかった。しかしそれでもノゾミの後姿にひどい息苦しさを感じたことを憶えている。ノゾミと話したかったわけではなかったけれど、誰かとは話し続けていたかった。その間は、家に帰らずに済むのだから。

三年前、秋と冬の境目。ぼくはまだ雰囲気を新たにした嵯峨野家に馴《な》れておらず、諏訪ノゾミに恋をしていなかった。

2

嵯峨野家の二人目の子がリョウだろうがサキだろうがそんなこととは関係なく、北陸の冬の空は今日も重苦しかった。漫画喫茶を出るときに読んだ朝刊では降水確率は二十パーセントとのことだが、まず信用ならない。この街ではいつでも雨が降りうる。ただ困るのは、漫画喫茶に料金を払ったら傘を買う金も心もとなくなってしまったことだ。コンビニのビニール傘ぐらいなら何とかなるが、後が厳しい。

携帯電話はまだ圏外だ。本格的に故障したのか……。それとも、この世界では使えないのか。

電話をかけようか、ぼくは随分と迷った。帰り道を探すのに、サキと一緒でなければならない理由は何もない。一人の方が慣れているといえば慣れている。ただ、サキからは電話をくれと言われていた。強いて無視する理由もないし、この世界でたった一人の知り合いだと思えば、ほんの少し、頼りたい気持ちもなくはなかった。

何に使うのかわからないとクラスメートに馬鹿《ばか》にされたこともあるテレフォンカード。貧乏性でずっと持ち歩いていたけれど、役に立つ日が来た。財布から出し、街角の電話ボックスに入った。十回ほどのコール音の後、寝ぼけた声のサキが出た。

「はい、嵯峨野」

「リョウだけど」

「……ああ、うん、キミかあ。東尋坊に行くの」

「その前に、浅野川の川原に行こうと思って」

「えっと、気がついたのがそこだったんだっけ。ん。わかった。あたしも行く。行くからね……。滅多ない話だもんね！」

話している間に、明らかに寝起きだったサキのテンションは見る見る上がっていく。

「よしっ、キミはあたしが行くまで動かないように。兼六園下で待ってて。じゃ！」

切られてしまう。待ち合わせをするときは、場所だけでなく時刻も決めた方がいいと思う。

香林坊の漫画喫茶から体を引きずって歩き、巨大な格子《こうし》に閉じ込められたような意味不明のデザインの市庁舎の前を通り過ぎる。二十一世紀美術館の威容が目の端をかすめるけれど、ぼくに美や、知や、そういった価値は縁遠い。広坂の交差点から、金沢城址《じょうし》と兼六園に挟まれた曲がり道を下っていく。石垣の隙間《すきま》から伸びた草は枯れ、道に大きく張り出した桜の枝にも葉はついていない。十二月だ。

平日なら車が長蛇の列を成す道だけれど、日曜の朝はさすがにスムーズに流れている。兼六園近くの駐車場には、もう観光バスが数台停まっていた。

サキが指定した「兼六園下」とは、バス停の名前。何本ものバス路線が通っているこのバス停には、バス停としてはかなり大きい、四阿《あずまや》風の小屋が用意されている。もし、いつ来るのかわからないサキを待つ間に雨が降り出しても、凌《しの》ぐことはできる。そう考えると、ここを待ち合わせ場所に指定したサキは、気を遣ってくれたのかもしれない。この街には地下鉄が走っていないので、公共交通機関としてのバスはとても重要だ。数分置きにバスがやってくるたび老若男女《ろうにゃくなんにょ》が入れ替わる小屋の中で、ぼくは長椅子《いす》に腰かけてサキを待った。

時刻を決めない待ち合わせは、もちろんとても長く感じられた。バスは五本、十本と目の前を通り過ぎていく。昨夜から睡眠といえば漫画喫茶の机に突っ伏してうたたねしただけだ。……なぜ自分の身にこんなことが起きたのか。元の世界に戻れるのか。戻れないとすればどうするのか。河畔公園に答えがあるのか。東尋坊に答えがあるのか。そもそも、どこかに答えは存在しているのか。昼飯代は払えるのか。考えなければならないことはいくらでもあるのに頭が働かず、それでとうとう考えることをやめて、うなだれたままでただ時が過ぎるのを待ち続けた。

どうやら、軽く眠ってしまったらしい。つつかれるまで、サキが来たことに気づかなかった。

「街中で居眠りとは、なかなかいい度胸してるね！」

腰に手を当てたサキは、昨日の部屋着とは打って変わって洒落《しゃれ》た服で着飾っていた。ロングTシャツの上にしわ寄せ加工したキャミソールを重ね着し、さらに白いファーベストを羽織って、下は黒いフレアジーンズをはいている。胸元にフェザーネックレス。鈍く輝いて視線を惹《ひ》きつける。

壁かけ時計を見ると、時刻は九時を大きくまわり、ほとんど九時半だった。サキに電話したのは確か七時半ごろだったから、たっぷり二時間は待たされたことになる。と言っても、まったくの寝起きから二時間でここまで来てくれたのだから、女性としては早い方なのかもしれない。目をしょぼつかせるぼくに向かって、サキは少し身をかがめた。

「いやー、考えてみればあたし、キミとケータイの番号交換してなかったんだね。連絡しようと思ってもどうしようもなくて、まあちょっと困ったよ」

「携帯電話なら、壊れたよ」

「えっ。マジ？」

圏外と表示されたままの携帯電話を見せる。この世界では使えないかも、と思いついたことを言いはしたけれど、サキは首を傾《かし》げるだけだった。

「……まあ、何かの拍子に直るんじゃない？　とりあえず、番号とメアドは教えといてよ」

それは構わなかったけれど、通信ができないのでサキはそれらを一文字ずつ自分のケータイに登録した。それがあまりに面倒そうで、ぼくはサキのデータをもらわなかった。サキは変な笑みを浮かべたけれど、何も言わなかった。

ぼくは自分の膝《ひざ》に手をつき、重い体をゆっくりと長椅子から持ち上げた。

「さあ、行こうか」

昨日目を覚ました河畔公園には、浅野川沿いに上流へ歩いていけばいい。少し遠いけれど、歩けない距離ではない。しかし、サキはぼくに手の平を突きつけて制止してくる。

「待った。キミ、急ぐ？」

「……何を」

「その、昨日目が覚めた場所に行ってみるの」

急ぐかどうか。

言われて考えてみると、急いで行って仮にそこからぼくの側に戻れたとして、やらなければならないのは兄の葬式に出ることだ。息子が通夜《つや》に出なかったことで親戚《しんせき》の前で肩身の狭い思いをした父と母から、それぞれ「親を馬鹿にして」とお叱《しか》りを受けることにもなるだろう。

「急がない」

「よし、じゃ、ちょっと見てもらいたいものがあるんだ。市役所の裏まで行くよ」

来た道を戻ることになるけれど、サキはそれについてはぼくの意見を聞く気はないようだった。もう踵《きびす》を返して、上り坂に足を向けている。強引だ。

……まあ、いいか。

引き連れられることにして、彼女の後を追って小屋を出る。ちょうど、ぼくたちの向かう方向に行くバスが出ていった。

金沢は市街地中心部でも起伏に富んでいて、市役所の裏手もすとんと落ち込んでいる。ぼくたちはコンクリートの急な階段を下りていった。再開発でいくらか綺麗《きれい》にされたらしいけれど、この辺りはやっぱり裏通りという雰囲気が拭《ぬぐ》えない。古い映画のLDを扱う店があったり馬鹿高いエレキギターを売る店があったり狭い入口から地下へ降りていくクラブがあったりインディーズ専門のCDショップがあったり、とそういう空気の場所だ。日曜ということで、割とひとの姿も多い。大学生らしい男が数人、シャッターの下りた店の前でたむろして高笑いしていた。このまま歩いていけば竪町《たてまち》、若者たちが着飾って歩く華やかなファッションストリートで、もちろんぼくには関係のない場所だ。

サキはすたすたと歩き、一階部分に三軒ほどテナントが入ったビルの前で足を止めた。左から順に雑貨屋、古着屋、そして……。

「この店なんだけどさ」

と指さしたのは、やけにのっぽな白木のドアの店。店先に、ターコイズのバックルの革ベルトと銀のクロスネックレスがそれぞれ幾本か飾ってあった。民家の表札のような小さな小さな看板には、ネイティブアメリカンアクセサリの店であることが語られているだけで、店の名前はどこにもない。

ぼくにはアクセサリを買う金はない。

「ここが、何か？」

「いや、ほら。何か感じない？」

何かと言われても。戸惑うぼくを、サキが期待を込めた目で見つめている。昨日、「間違い探し」をするぼくを見たのと同じ目で。

「……まあ、ぼくにはあまり縁のない店かな、と」

「それだけ？」

「うん」

途端、サキはがっくりと肩を落とす。

「そっかー、それだけかぁ……。そうかあ」

何も悪いことは言ってないと思うけれど……。

顔を俯《うつむ》けたまま、サキは上目遣いにぼくを見た。

「キミさ。もしかして、この辺あんまり来ない？」

この先の竪町に用がないのはもちろんとして、ぼくにはアクセサリを買う金はなく、映画のＬＤもエレキギターもインディーズＣＤも、買う金はない。ただ一つ、

「古着を買いに来たことはあるけど、それ以外の店は意識してなかった」

そう答えると、サキは天を仰いだ。

「ざ、残念！　て言うか最初にそれ聞くべきだった！」

「……どう言ってほしかったんだ……」

「いや、ね」

真顔に戻って人差し指を立て、

「この店、友達の姉貴がやってるんだけどね。この通り間口狭いし何の店かわかんないし、ぶっちゃけ潰《つぶ》れかけてたのね。それをあたしが！　このあたしが立て直したんだって自負があってさ」

手を当てて胸を張っている。そして一瞬間を置いて、

「言いたいこと、わかるよね」

「いや……」

少し沈黙。サキはしばらくぼくの様子を窺《うかが》っていたけれど、ぼくが何も言わないの

に痺れを切らせたか、あるいは考える気がないことを察したか、浅い溜息をつくと口をもごもごと動かした。多分「想像力がない」とかそんなようなことを言ったのだろう。

「つまりさ。この店がキミの側でも残ってるんだったら、それでよし。でもキミの側では潰れてたんだとしたら……。これはもう、百パーセントあたしの手柄だよね」

……まあ、確かにそうなる。ぼくはこの店には一切関わったことがないのだから。

「普通は絶対に検証できないから、こんなこと。ま、ちょっとささやか過ぎるきらいはあるけど、何でも思いついたところから攻めていかないとね」

そのために、ろくに寝ることもできずくたびれたぼくを引っ張りまわしたのか。いや、そのことに別に腹を立てているわけじゃない。けれど……。

「それを知って、何になるんだ」

思わず漏らした呟《つぶや》きに、サキは大仰に反応した。

「何を言ってるかな、こいつは！」

「……あんたがいなけりゃこの店が潰れてたってことが証明されたところで、別に何か変わるわけじゃないだろう」

「そこが、想像力がないんだって」

また指を突きつけられてしまう。

「考えてもみなよ。あたしが、この店は間違いなくあたしの力で生き残ったんだと確信したらね……」

「はあ」

「値引き交渉でどれほど心理的優位に立てるか、それこそ想像を絶するよ！」

そうか、な。店主の側はそうと知らないんだから、あんまり関係ないと思うが。サキにわけのわからない自信と迫力が加わって多少は有利になるかもしれないが、どちらももう既に充分すぎる気もする。それに、もちろんそんなのはとってつけた理由であって、サキはただ単に、知りたかっただけなのだ。想像力を満足させるために。店のドアが内側から開いて、四角く小さい眼鏡をかけてチェックのエプロンをつけた女性が姿を現した。

「なんの話かわかんないけど、人の店の前で大声で潰れる潰れる言わないように」

「や、これはどうも、姉さん」

おどけた仕草でサキが頭を下げる。つられて、ぼくもぺこりとやった。このひとが店主らしい。ラフなものの言い方をしながらもどこか穏やかな余裕があって、ぼくは大人びた印象を受けたけれど、サキの言うことが本当なら一回店を潰しかけているら

しい。声にあきれを滲《にじ》ませて言うには、

「大体、サキちゃん値引きしてくれなんて言わないじゃない」

「いやまあ、大体特価のときしか買いませんし」

「言えば引くのに。世話になってることは確かなんだし」

「それはそれ、これはこれですよ。ねえ」

　ぼくに同意を求められても困る。店主はぼくをじっと見ると、サキに訊《き》いた。

「何か似てるね。親戚の子？」

「弟みたいなもんです」

「弟さんがいたんだ？」

「正確には、弟らしきもんです」

　歯切れの悪い言葉を断言するサキ。その説明で通じるとはとても思えない。案の定、店主は訝《いぶか》しげに首をかしげている。が、それ以上は追及せず、店主はぼくに向かって微笑《ほほえ》んだ。

「サキちゃんの弟じゃ、結構苦労もあるでしょ。まあ、いつでも遊びに来てね。入口はこんなだけど、結構奥行きはあるから。覗《のぞ》いてく？」

　最後の一言は、サキに向かって発せられた。少し名残惜しそうだったけれど、サキはかぶりを振った。

「いや、こいつが用があるって言うんで」

「そう。じゃ、またね」

軽く手を振ると踵を返し、店の中へと消えていく。さばけた去り方というか、何だか気持ちのいいひとで、ぼくは好感を持った。できればぼくの側でも、店を続けられていればよかったのだけど。

話しているうちに思い出していた。量販店より安い服を探しているとき、この並びで古着屋を見つけた。目の前のビルに入っているテナントのことで、いまぼくがはいているカーゴパンツもここで買ったものだ。そのときの記憶では確かに、古着屋の隣にはネイティブアメリカンアクセサリの店は存在していなかった。そこには古着の「難あり品」のワゴンが並んでいて、ぼくは自分の服をそこから探していた。

ぼくの側の店主さんには、気の毒なことだと思う。昨日サキは「間違い探し」と言ったが、この店が生き延びているかどうか、それも二つの世界ではっきり違っている。サキには言わないことにした。

3

香林坊近くまで戻ってきてしまったので、ここから目指す河畔公園までとなると結構な距離になる。ぼくは歩くのに馴《な》れているので構わないけれど、サキには少々つらいのではないか。そんなことを話したらサキは少し考えて、

「まあ、歩くと二時間ぐらいにはなるね。といって、折角の面白ネタを前にしてバスで一直線ってのも味気ないなあ。……中を取って、レンタサイクルでどうよ」

と提案してきた。レンタサイクルは観光客の乗り物という固定観念があるぼくにはかなり奇抜に聞こえたけれど、体力と時間と、百円を争う域に達しているぼくの懐《ふところ》事情とをそれぞれ比べると、その案は悪くないように思えた。しかし、

「ぼくは借りるしかないとしても、あんたは自転車持ってないのか」

「昨日見たでしょ。あたしはスクーター」

「……でも、高校二年生だろ？　免許持ってるのか？」

サキは「ふっ」と音に出して笑うと、ウオレットチェーンつきの二つ折り財布を出して、開いてみせた。写真うつりが悪いのか、ものすごい悪人顔のサキがそこにいて、

原付免許の所有を証明していた。こんなはっきりした身分証明があるなら、昨日もめたときに出してくれればよかったのに。サキはくちびるに人差し指を当て、

「学校には内緒だよ！」

とわざとらしく囁《ささや》いた。

自転車を借りてサドルを調整し、とりあえず兼六園の近くまで坂を下っていく。赤信号に引っかかったとき、サキがやけに明るい声で言ったことには、

「あたしさ、中学のとき、学校帰りに自転車で結構でっかい事故やってさ。それ以来だよ、乗るの」

浅野川を遡《さかのぼ》るのに、幹線道路沿いに行くか、それとも住宅地を抜けて最初から川沿いを走るか。どっちでもいいようなものだったけれど、前を走るサキは川沿いルートを選ぶようだった。こちらの道は細いけれど、信号はほとんどない。

見慣れた道、通い慣れた道だけれど、レンタサイクルに乗ってこれまで存在さえしていなかった人間と走るとなると、妙に新鮮な心持ちがした。川沿いはよく風が通る。日本海を渡ってくる風は冷たく強いけれど、いまは追い風になっていた。この辺りの住人でなければ知らないような、アパートとアパートの間の路地にサキは躊躇《ためら》いなく飛び込んでいく。細い空間を抜けるとサキはぼくの隣に並んで、

「そろそろお昼だけど」

と話しかけてきた。

「どこかで軽く済まそうか。それとも、お腹《なか》すいてないかな」

すいてないことはなかった。昨日の夜にコンビニの握り飯を入れたきりなので。すいてないこともないというより、そろそろまずいような気もする。

「すいてる」

「何か、当てでもある？　うまいとこ」

うまいところには当てはなかった。三年以上前ならちょっといいところで外食ということもままあったけれど、それ以降は金額と量のバランスこそが大事であって、味はどっちかというと考慮の対象外だった。とはいえ、

「安くて早くて、まずいとは誰にも言われないとこなら知ってた」

「……何か、いろいろ含みがある言い方だね」

そんなことはない。

「どこ？　あたしも知ってるかな」

「どうかな。辰川《たつかわ》食堂ってとこだけど」

サキはすぐに、ああはいはい、と数度領《うなず》いた。

「知ってる知ってる。中学の近くにあるとこだ。……なんつうか、タフなとこ行きつけにしてるね。あたしは、入ったことないなあ」

それはごもっともな話で、辰川食堂の主な客層は肉体労働系のお兄さん方だった。腹をすかせた男子中高生が入ることはあっても、陽気な女子高生には縁がないだろう。

「よく行ってたの？」

「週に二、三回は」

何せ、最安なら一食税込百四十円という素晴らしい価格設定だったので。なまじなコンビニ飯よりもそちらに行くことが多かった。

話している間にいつの間にか自転車の速度が落ちていて、失速した車体がふらついた。サキもほとんど同時にぐらりときて、前輪が接触しそうになる。カウンターステアを当てて何とか立て直し、ペダルを踏み込む。二、三度立ち漕《こ》ぎし、サキは笑って言った。

「一人じゃ入れないとこだなあ。よし、そこにしよう」

ぼくは顔をしかめた。理由は二つ。まず、どう考えてもファーベストの女子高生は辰川食堂では浮きまくりだ。そして、もう一つの方が重要で、

「過去形で話したつもりだったけど。もうないよ、辰川食堂は」

しかしサキは首をかしげた。

「え？ あるよ。多分。確か。きっと」

「建物は残ってるけど、営業はしてない」

「え？ やってるよ。多分。確か。きっと」

……ぼくは少し考えた。ぼくはどうやら別の可能世界からの客だ。こちらでは辰川食堂も残ってるなどということがあるだろうか。

ネイティブアメリカンアクセサリの店がこちら側で生き残ったのは、サキの助力があったからという明確な理由がある。具体的に何をしたかは聞かなかったけれど、女子高生のサキがアクセサリ屋の宣伝をするのは、難しいこととは思わない。けれど、サキは辰川食堂には、入ったこともないという。それでももし本当に辰川食堂が残ってるのだとしたら……。

それはとんでもないことだ。

「ま、行ってみようよ。そんなまわり道でもないしさ」

サキはそう決めたらしい。ぼくは何となく、行きたくない気分だった。

辰川食堂は、嵯峨野家から中学へ向かう道すがらにある。ちなみに高校は中学よりもずっと離れたところに建っているけれど、この道を通ることは同じだ。

ぼくたちが自転車を走らせる道は、家からは中学校に行くにも高校に行くにも通学路となる、一番通い慣れた道だった。幅の狭い道をやけに頻繁に車が行き来するので、自転車が二台横並びで走ることは難しかった。サキを先に行かせる。

軽いカーブの先、理髪店や酒屋などがいくつか並ぶ中に、辰川食堂はある。食堂というのは実は副業で、本業は製麺《せいめん》工場なのだ。自分のところで作った麺をそのまま茹《ゆ》でて食べさせるので馬鹿《ばか》げた安さが可能になる。「辰川製麺」の看板が出ていて、食堂スペースの方は……。

「ほら」

自転車を停めて、サキは得意げだ。その人差し指の先には「営業中」の札。

「……」

いやいや。

「やってるわけがないんだよ。アクセサリ屋が潰《つぶ》れたのとはわけが違う」

「んなこと言ったって、やってるじゃん」

事実の前にはぼくの反論は虚《むな》しく、サキも空腹を満たす方が先と考えたらしく横開きのドアを開ける。麺を茹でる釜《かま》からもうもうと湯気が立ち上っていて、湿度百パー

なくそばの大盛で温泉玉子をつけると『ダイソ・オンタマ』になり、そば大盛でゆで玉子だと『ダイソンタマ』になる。

箸《はし》を割りながら、サキが言う。

「ただわかんないのは、なんでうどんでキミがそこまでショックを受けてるかってことなんだけど。キミの世界ではこのお店がなかった。それはわかったけどさ」

「後で答えるよ。ちょっと考えさせてくれないかな。腹減ってるし」

ぶっきらぼうなぼくの口調に、サキは少し眉《まゆ》をひそめた。

「……うーん。まあとにかく、いただきます」

裏手の工場でつくった麺を湯がいて、鰹節《かつおぶし》と葱をのせてツユをぶっかけただけのうどん、そば。ものすごくうまくなるはずはないけれど、まずくもならない。

「少なくとも味に関してキミが言いたいことはわかった。こりゃ誰が食べても七十五点ぐらいだわ。それこそ、立ち食いそばに文句つけても仕方ないっていうか」

ツユが跳ねないようにやけに慎重にテンソバを啜《すす》っていたサキが、感心したように唸《うな》りながらそう言った。一方のぼくは温泉玉子を箸で割りながら、

「……あの爺さん、寝たきりのはずなんだよ」

「へえ」

「あんた、この店のこと、知らなかったんだよな」

「存在は知ってたってば」

おかしい……。

食べ慣れた味。爺さんが手が空き次第テーブルを拭《ふ》きに来るのも同じだ。

「はい、ごめんなさいね」

衛生帽を頂いた爺さんに、ぼくは訊《き》く。いつもの打ち解けた感じではなく、初対面のときのような敬語で。

「あの」

「はい」

「この間、倒れませんでした？　脳卒中で」

爺さんはぼくの記憶の中そのままのひとの良さそうな笑顔を浮かべて、ぼくのような子供に深く頭を下げた。

「おかげさまでこの通り、また働けるようになりました」

「それはよかったです。後遺症はなかったんですか」

「もうちょっと救急車が遅かったら、どうかわからなかったそうですよ」

「お大事になさってください」

「はい、ありがとうございます」

爺さんが行ってしまうのを待ってから、やっぱりツユが跳ねることを気にしている
サキに念を押した。

「あんた、本当に何もしてないんだよな」

上目遣いのサキも、心なしか訝《いぶか》しげだ。

「してないってば。事情は想像ついたけど。……キミが何かしたんじゃないの？　救
急車を止めちゃった、とか」

過呼吸で保健室のお世話になったことはあっても、救急車に関わったことはない。

こうなるとわからない。わからないことは、そのまま受け入れるしかない。「間違い
探し」は間違いを見つけるだけで充分。理由まで考える必要はない。ぼくは後は黙っ
て、ダイオンネギオーメを啜った。

サキはやたらに、首を捻《ひね》っていた。きっと、想像力を働かせていたのだろう。

考えるつもりはなかったのに、理由はすぐに判明した。

辰川食堂を出て、ほとんどすぐのこと。細く危険なこの道に、ぼくの知らない手が

加わっているのに気づいた。真新しいアスファルト。まだ白も鮮やかなセンターライン。前を行くサキを、思わず呼び止めた。

「え？　なに？」

「イチョウが……」

道の上に枝を伸ばし、秋の末になると大量の葉を落としていたイチョウ。思い出のゆえに地主がどうしても切らせなかったという噂《うわさ》の大イチョウが、あるべきところになかった。

「イチョウが、ない」

ぼくの呟《つぶや》きを聞き、サキが得心がいったとばかりに晴れやかな笑みを浮かべる。

「あ、そうか！　キミの世界では、ここのイチョウが残ってるんだ！」

イチョウの木が、片側一車線のこの道路を部分的にただの一車線道路にしていた。その木がなくなって、道路の拡張工事も済んでいる。

「なるほどね。キミの方じゃイチョウが残ってたから、道が狭いままだった。それで救急車が遅れたんだよ、きっと」

さすがのぼくにも、それは察しがついた。あのイチョウがもたらしていた交通渋滞は時間帯によってはかなりひどいもので、それがなくなったとなれば救急車の到着時間が早まったのも納得がいく。啞然《あぜん》としてしまったのはイチョウの有無が辰川食堂の爺さんの生死を分けたとしても、サキがいたからイチョウが切られた、ないしはぼくがいたからイチョウが切られなかったことの因果がさっぱりわからなかったからだ。

何もない、ただの道路を呆然《ぼうぜん》と見つめるぼくに、サキが得意げに教えてくれた。

「いやあ、これに思い至らなかったとはあたしも甘いね。ただまあ、これぱっかりはキミに想像しろってのが酷だとは思うよ。あたしがイチョウを切らせたことは間違いないんだけど、ちょーっとルートが特殊でね」

ブラックデニムの上から、自分の右のすねをぽんと叩《たた》く。

「あたし、ここで事故ったんだ」

なぜか、殊更《ことさら》に陽気な物言いだった。

「すごかったよ。自分の骨、初めて見たもんね。全然痛くないんだよ、やっちゃった瞬間は。イチョウのせいで道が狭くなってて、それで車が変な動きして、うっかりそれに巻き込まれちゃったんだ。イチョウと車に挟まれてさ。正直、死ぬかと思ったよ。後で自分の自転車見たけど、もうぐしゃぐしゃなの。何であたしが生きてるのかわかんなかったね。

しばらく入院してて。で、退院したらイチョウが切られてた。本当かどうかわかんないけど、地主の婆《ばあ》さんが泣いて悔やんだんだってさ。自分のわがままがひとさまに怪我《けが》させたー、って」

「それは……。気の毒に」

「あたしが？　婆さんが？」

特に返事を期待していたわけではないようで、サキは遠く、いまはカーブの向こうで見えない辰川食堂の方に向かって目を細くした。

「あたしの骨が、あのひとを救ったのね……」

そんな情感たっぷりに呟かれても、キーワードが骨では致命的にロマンティックさに欠ける。ただの道路を眺めるのにも飽きて、ぼくはゆっくりとペダルに足を載せる。聞かせるつもりはなかったけれど、ぼくは到底、呟かずにはいられなかった。

「……あの爺さんさ」

「ん」

「結構ぼくのこと、気にかけてくれたんだ。常連の中では抜群に若かったから。天ぷらのせてくれたりさ。どうしてぼくが、夕飯どきとかにもしょっちゅう来るのか穿鑿《せんさく》せずにいてくれて、でも一言二言、言葉をかけてくれて。それが、ちょっと嬉《うれ》しかったんだよ」

「ん」

サキもペダルを踏みかけて、思いついたように一声かけてきた。

「まあ、良《よ》し悪《あ》しだよ。確かにあたしが事故って爺さんは助かったかもしれないけどさ。道が広がったおかげで車が増えて、ここ結構危なくなってるしね」

ぼくは笑った。

それで慰めているつもりなんだとしたら、サキも案外、大したことはない。

4

浅野川沿いを上流へと走り郊外に近づくと、道幅は広くなり建物も洒落《しゃれ》たものが目に見えて増え始める。川が山裾《やますそ》から流れ出てくるこの辺りは最近になって開発が進んだもので、まだ街そのものが若い。ぼくが物心ついた頃には道はもう大抵通っていたけれど、それからも幾つもの店が開き、家が建てられ、道はさらに伸びていった。川は護岸工事が完全で、のっぺりとしたコンクリートに守られて用水路然としている。遊歩道もあるけれど、人工物で固められた川沿いを歩いたところで大した風情《ふぜい》もないだろう。

昨日ぼくが気がついた河畔公園は、道がほとんど山地に入って行こうかという辺りにある。ここまで来ると、さすがに民家もまばらになってくる。この道をさらに奥に進むと、金沢刑務所があるという。

そんな街外れなのに、日曜の今日は結構ひとが押し寄せている。何のことはない、広大な駐車場を備えて、ジャスコが建っているのだ。

騒々しげなジャスコを横目に、自転車を停める。

「ここで、いいんだよね」

とサキが訊いてくる。

ぼくはかぶりを振った。こちらではなく、正確には対岸だ。目の前の、車は通れない細い橋を渡った先が河畔公園になる。川向こう、昨日横たわっていたベンチを見やる。白い犬を連れた中年の男がどっかりと腰を下ろし、煙草《たばこ》をふかしていた。落胆というか当惑というか、意気のあがらなさをまともに滲《にじ》ませて、サキが唸った。

「……うーん、普通だ。知ってはいたけど、別の可能世界への扉が秘められたオラクルな雰囲気は期待すべくもないね」

それでも、何かあるんじゃないかと思って来たけれど、オラクルかどうかはともかく別に異状はありそうもない。大して広くもないし、由緒《ゆいしょ》があるわけでもないただの公園。とりあえず向こう岸に渡ろうかと思ったところで、電子音が鳴り出した。

「お。失敬」

携帯電話を取り出してモニタを見ると、サキは弾むような声で電話に出た。

「はいはい。何？　あ、うん。家にはいないよ。暇……」

ちらりとぼくを見て、それから煙草を足元に落として踏み消している中年男を見て、

「どっちかって言うと暇な感じ」

と答えた。ここでの用はすぐ終わると決めつけたらしい。多分正しい。

「でも、いまジャスコにいるんだ。うん、若松の。……え？　ほんとに？」

それから、ふと表情を翳《かげ》らせる。

「あ、そうなんだ。うん。……別にいいよ。いや、ほんとにジャスコにいるわけじゃないんだ。近くにさ、公園があるでしょ。……あ、そうそう！」

今度は懐《なつ》かしそうに笑っている。ぼくは手持ち無沙汰《ぶさた》に、レンタサイクルに鍵《かぎ》なぞかけている。

猫を見つけた。毛並みの美しい、黒い猫。ぼくと目が合うと、なぜか少し近寄ってくる。その猫の、美しい緑色の目に、ぼくは一瞬惹《ひ》きつけられた。が、黒猫は退屈そうな鳴き声を上げると、ぷいとそっぽを向いた。まあ、好かれるとは思っていなかった。

「そうだねー。そんなこともあったよね。とにかく、そこにいるから。じゃ、待ってるね」

サキが電話を切る。バックポケットからハンカチを出しモニタを拭きながら、

「友達がジャスコにいてさ。なんか、あたしに会いたいんだって。あたし、ほら、モテるから。まあ愛してるよって言ってやれば満足して帰ると思うし、ちょっと待っててやってね」

電話の相手は男だったのか？　雰囲気的に女だろうと思っていたけれど。

サキは公園を改めて見渡した。腰に手を当てて言ったことには、

「さて。……調べる前にさ。あたしの疑問を一つ、聞いてくれるかな」

「疑問？」

「うん」

人差し指を振り立てる仕草。

「キミは、あたしが生まれなかった可能世界からやってきたストレンジャー。それは仮定としておくね」

改めて言われると、とても信じがたいが。

「ワープと言えばいいのかスライドと言えばいいのか、それが発生したのが東尋坊。

それはいいよ。あたしも一回行ったことあるけど、あそこはまあ、なんかあってもおかしくないよ。何せ、突き落とされて殺された坊さんの名前が地名になってるぐらいだしね。

でも、ワープアウトと言えばいいのかスライドオフと言えばいいのか、それが発生したのがここだってのが全然納得できない。改めて言うまでもないけど、ここってただの広場同然なんだよね。橋の向こうだってそうだよ。むしろ、ただのサイクリングコース。で、キミに訊きたいのはこうだ。

キミ、何かこの場所に特別な心あたりでもあるの？」

そう言われても……。

「何でこんなことになったのか見当もつかないのに、心あたりなんかあるわけないだろ」

「そりゃそうなんだけど、全然、一度も来たことがなかったの？　いや、ね。東尋坊から飛んで東尋坊に出たならわかるしさ。どっかの聖廟《せいびょう》の中とか生贄《いけにえ》の祭壇の上とかに出たって言うんならドラマティックでしょ。何で金沢の、よりによって若松町の河畔公園なのか、一ミリも理由がないってのはネタにしても面白くないんだよね」

「ネタで言われても困る。ここで目が覚めたんだから、それはそういうものと思うしかないじゃないか」

そうするだろうなと思ったけれど、やっぱりサキは立てていた人差し指をぼくに突きつけた。

「そこを想像してみる」

「みる、って」

「ほんとになーんにも思い当たらないしそれ以前に来たこともないなら……。まあ、確かに、仕方ないけどさ」

つまらなさそうに指を下ろし、足元の枯れかけた芝を蹴《け》っている。

サキには悪いことをしている。ぼくはそのことを、少し申し訳なく思う。

実際には。ぼくは、ここには来たことがあった。

それどころか、むしろ思い出深い場所であり……。

諏訪ノゾミを弔っていたぼくが正体不明の現象に巻き込まれ、目を覚ます場所としては、むしろ適切でさえあった。

言わないのは、言いたくないからに他ならない。

嵯峨野サキは陽性で、その明るさはきっと多くのひとを助けてきたのだろう。それはわかる。だけど、まあ。

日の光を浴びたくないときもある。

三年前、冬。

多分あれも、いまと同じ十二月だった。風はとても冷たかったけれど、雪はまだ、降っていなかった。名前を聞いたこともない芸人がジャスコで芸をするというので、ぼくが見にいくことになった。

その芸人は何でも、どういう繋《つな》がりなのかわからないほど遠いけれども一応は母方の親戚《しんせき》で、うちから一人顔を出しておかないと格好がつかないということらしかった。兄は友人と先約があり、母は「町内の集まり」があった。このときはどうやら本当に集会があったらしいが、当時はそんなこととは知らなかったので、体面上重んじているはずの親戚づきあいに子を代役にして自分はお楽しみとはさすがの了見だ、と感心したことを憶《おぼ》えている。罵《のの》りで送り出されたぼくは、戻ってからも罵られるのはうんざりだったので、きちんと律儀《りちぎ》にジャスコに向かった。

名前を聞いたこともない芸人は、名前を聞いたこともないだけのことはあった。冬の寒い最中に屋内でまで寒い思いをさせられるのに辟易《へきえき》し、ぼくは義理だけ立てると適当に席を立った。そのまま帰るつもりにもならず、ぼうっと周辺をうろついていたところで、川を挟んだ河畔公園の外縁、サイクリングコースのベンチにひとがいるのに気がついた。

日の短い季節のこと、まわりはもう薄暗く、空もお約束のように重かった。水辺ではなおさら空気が冷たいだろうに、白いベンチに腰かけてみじろぎもしないのは、確かに諏訪ノゾミに違いなかった。ノゾミは何をしているわけでもなく、ただ流れていく水面を眺めているようだった。その表情がなく紙のように白い横顔に尋常でないものを感じ、そして不意に、彼女と話したいと思った。

自転車を引き、橋を渡った。横から近づいたけれど、本当に近くになるまで彼女はぼくに気づかなかった。足音を聞いたのか、ノゾミははっと顔を上げたけれど、その顔にはやはり表情らしきものは浮かばなかった。

「ああ、嵯峨野くん」

ノゾミは薄桃色のセーターを着ていたけれど、その編目は粗く、冬の風には耐えられそうもないものだった。実際、彼女のくちびるは色を失い、ほとんど紫に近くなっていた。何を話すよりも先に、ぼくはそれが心配だった。

「寒くないのか」

そう問われて初めて体温を思い出したとでもいうように、ノゾミはそっと自分を抱いた。

「寒いね」

「どうしたんだ、こんなところで」

「嵯峨野くんだって、こんなところに来てるじゃない」

「ぼくは」

ノゾミの姿を見つけたから来たんだ、とは、さすがに言えなかった。ぼくとノゾミは、まだ数度口をきいただけでしかなかった。代わりに、殊更にぶっきらぼうに言った憶えがある。

「ジャスコに、お笑い芸人が来てるっていうから」

「お笑い？」

無表情だったノゾミの顔に、疑問の色が浮かんだ。

「嵯峨野くんが？」

ぼくが芸人を見にわざわざ足を運ぶことを、ノゾミはどうやらおかしなことと思ったらしかった。ノゾミはぼくがそういうことをしない人間だと知っていたことになる。

……そんなささやかなことを喜びと感じる自分を、ぼくは随分と馬鹿《ばか》だと思った。

「その芸人、母さんの親戚なんだ。見にいかないと、顔が立たない」

「そう。笑えた?」

「笑えない……」

その答えに、ノゾミはくすりと笑った。

「それはヒサンね」

本当に。ぼくも笑い、それで刺すように冷え込んだ空気も少し和らいだようだった。

目線を川面に戻し、ノゾミは囁《ささや》いた。

「……わたしはね、ちょっと考えてた。進路について」

「進路」

当時のぼくは中学一年生で、小学生とは一年しか違わず、それなのに随分と遠くに来たような気がしていた。ただ、それでもやっぱり進路という言葉は早すぎた。ぼくはただ呆然《ぼうぜん》と、ノゾミの横顔を見つめていた。

ほんの僅《わず》かに、微笑《ほほえ》むような歪《ゆが》みを口許《くちもと》に作って、ノゾミは言った。

「わたしのそばに『モラリスト』と『ヒューマニスト』がいて、お互いに争ってるの。わたしは、どっちにもなりたくない。……それで、どうしようかなあって」

もちろん、「モラリスト」という言葉も「ヒューマニスト」という言葉も、ぼくには早すぎた。……ただ、サキに散々想像力がないと罵られたぼくでも、これはわかった。ノゾミは「モラリスト」と「ヒューマニスト」の争いのため、つらい思いをしている。多分、とてもつらい思いを。

でなければ、十二月の川辺で、風に吹かれるままでいるはずがない。当時のぼくは、サキの言葉で言うと「酷《ひど》い状態」で、まあ告白してしまえば自分のことを不幸だと思っていなかったこともなかった。だけどこのとき、不幸なのは自分だけだと思わなかったことは、ぼくのささやかな誇りになっている。

「ねえ。どうなったら、いいと思う」

ノゾミは別に、答えを期待していたのではなかったと思う。ぼくの方を見もしなかったのだから。それに、答えようにも、ぼくはノゾミのことをあまりに知らなさ過ぎた。ただ、無言でいるのもあまりに馬鹿っぽい気がして、何か言わなきゃと考えた。

ノゾミについて何も言えないなら、言えるのはただひとつだった。

「……何でもなくなれば、いいんじゃないかな」

ゆっくりと、ノゾミがぼくを見る。

「何でもなくなる？」

「そうすればきっと、モラリストにも、ヒューマニストにも」

子供を生んだのは社会的地位のためだと当の子供に口を滑らせる父にも、ご馳走《ちそう》を

二人分だけ作ることに腐心する母にも、「子供は金輪際これっきり」という意味の名前にも、

「無敵になれる」

物思いを打ち破ったのは、サキの声ではなく、底抜けに明るく呼びかける別の人の声だった。

「おーい、サキせんぱーい！」

「あ、きたきた」

その声に何気なく振り返ったぼくは、ここがぼくの世界ではないことをようやく悟った。

結婚記念の皿が無事でいて、ネイティブアメリカンアクセサリの店は営業していて、辰川食堂の爺《じい》さんは元気に働いていた。しかしそれらは全《すべ》て、言ってみれば背景《バックグラウンド》のようなものだった。確かに違っている、しかし、本質的ではない。ぼくはここが異世界であるというサキの説を、それは困ったことだという程度にしか受け取っていなかった。本当のことであるという気が、していなかった。

しかし、いま思い知った。ここはぼくの世界ではない。それは本当のことだ。

ぼくの視線の先、諏訪ノゾミが、大きく手を振っていた。

5

ノゾミの声の質は同じだった。特徴的な、少しかすれるような声。しかし、まず声量が違った。歯切れのよさが違った。トーンが違った。ノゾミの声がはきはきと「どもどもサキ先輩。近くにいてくれてよかったです」などと発せられるのに、ぼくはほとんど眩暈《めまい》を覚えた。

彼女は確かに諏訪ノゾミだったけれど、外見はぼくの知るものとは、バージョンの違う着せ替え人形のように何もかもが異なっていた。ほとんど禁欲的なまでに色彩のない装《よそお》いしかしていなかったノゾミが、ペイズリー柄のチュニックにスウェットを羽織って、エメラルドグリーンのマフラーを巻いていた。少し化粧もしている。立ち居振る舞いなどにどことなく出ていた垢抜《あかぬ》けた感じが、思う存分前面に押し出されていた。そしてそんなことより、何より、目の前のノゾミは屈託なく笑って、生きていた！

とても立っていられなかった。手近なベンチに、よろめくように座り込んだ。背後での出来事だったのでサキはそれに気づかず、ノゾミに向かってぞんざいに手を振り返した。

「や。元気？」

跳ねるようにサキに近寄ったノゾミは、右手を自分の口許に当てた。

「ちょっと風邪気味です。ほら、こんなに声もかすれて」

確かにかすれ気味だけれど、

「あんたそれ地声」

「いや、よく聞いてくださいよ。いつもより余計にかすれてますって。ほら、あー、あー……」

「はいはいそうだね、かすれてるね。大変だ大変だ」

あきれたようにあしらうサキ。これは本当に諏訪ノゾミなのか？　ぼくがノゾミを見間違えるはずがない。しかし、あまりにも……。目の前のノゾミは終始にこにことしてサキにじゃれつき、ほとんど笑うことのなかったぼくの知るノゾミとは……、まるで、別人だ。

あまりに見つめすぎていたらしい。力なくベンチに体を預け、目だけを二人に向けていたぼくに、ノゾミが気づいた。不審を露《あらわ》にした視線に、ぼくは自然と俯《うつむ》く。こちらではノゾミは生きていた。しかし、ぼくのことは知らないのだ。ノゾミの目を追ってサキが振り返る。そして叫んだ。

「ちょっと、どうしたの！　顔色悪いよ！」うわあ、人間の顔が白くなってるとこ初めて見た。大丈夫？」

サキを慌《あわ》てさせるとは、ぼくはよほど酷い面《つら》をしていたらしい。重い手を何とか持ち上げると、ぼくはそれを顔の前で振った。

「ちょっと……、疲れただけ……」

「疲れた、って」

眉《まゆ》を寄せる。そのサキの袖《そで》を、ノゾミが引いた。

「知ってるひとですか」

「ああ、うん」

さっきは迷いなく「弟みたいなもん」と言い切っていたけれど、ノゾミ相手にはサキは少しためらった。

「んっと、まあ、なんだ。親戚」

「えー」

不満そうにくちびるを尖《とが》らせるノゾミ。

「何か嘘《うそ》っぽいですよ」

「嘘、じゃあないんだなこれが」

芝生を踏んでサキはぼくの横に並ぶと、ベンチに座ったぼくに合わせて身を屈《かが》ませる。顔をぼくの顔の横に並べて、

「ほらほら、目の色がおんなじ」

「……ブラウンの瞳《ひとみ》のひとなんか、別に珍しくもないですけど……」

ぶちぶちとこぼしている。

「じゃあ、何？　親戚じゃないとしたらなんだってのよ」

「ほら、先輩もようやく痛手を乗り越えて、新しい恋を見つけたのかなあって……」

そうおどけてから、ノゾミはちょっと首をかしげた。

「……でも、そんな雰囲気じゃないみたいですね」

サキは肩をすくめた。

「この子は嵯峨野リョウ。あんたと同級生だよ。たまたま、こっちに来てるんだ」

こっち、か。そしてサキは、ノゾミを手で示す。

「で、この子は」

「諏訪」

「え？」

サキが聞き返してくる。それに構わず、ぼくはノゾミに言った。

「諏訪さんですね」

小学校まで横浜にいて、中学に入るときに金沢に来た、諏訪ノゾミさんですね。

ノゾミはあからさまに戸惑った。

「ああ、ええと、はい」

「嵯峨野リョウです」

サキがぼくとノゾミを順々に見て、ノゾミは再び、怪しい人物を見るようにぼくを見る。ぼくは曖昧《あいまい》な笑顔で取り繕った。

「あなたのことは、サキから聞いてました」

「ああ、そうなの」

ほっとしたノゾミ。おぼろげに事情を察したのか、サキも乗ってくれた。

「そうなのそうなの。諏訪ってヘンな下級生がいるってね」

「ひっどーい！」

言いたいことはいろいろあった。よく無事で。どうして生きているんだ。……ほんとうに、ぼくのことを知らないのか。

しかし何も言えなかった。言えばノゾミに怪しまれるばかりだ。いまこの場では、どうしようもない。かぶりを振って諦《あきら》めると、ぼくは「ノゾミとは初対面のサキの親戚」を演じることに決めた。作り笑いのままで、ぼくは訊《き》いた。

「で、サキと諏訪さんは、どういう関係なんですか」

サキとノゾミは同時に顔を見合わせた。ノゾミを指さしてサキが、

「ああ、中学の」

と言いかけたところに、ノゾミが突然抱きつく。ぼくは目をみはった。

「ちょ、ノゾミ！」

抗《あらが》うサキに構わず頬を擦り寄せるようにして、ノゾミは満面の笑顔になる。

「こういう関係！」

「は、はなれろっ」

何とか腕を割り込ませてノゾミを押しやろうとするサキと、意地でも抱きつき続けようとするノゾミ。馴《な》れ初《そ》めはともかく、現在の関係はそれで大体わかった。そしてふと、ああ、こっちのノゾミは馬鹿っぽいけど、幸せそうだなあと思った。

「うりゃっ」

両手で突き放して、ようやくサキがノゾミを引き剝《は》がす。たたらを踏んで二、三歩後ろによろめいたノゾミはひどいとかつれないとか小声で愚痴っていたようだが、こちらに向かってくる人影に気づいてそちらに手招きした。サキもその人影を見て、気のせいだろうか、少し表情を曇らせたような。

現れたのは、ぼくも知っている顔だった。ノゾミに少しだけ似ているけれど、どこか捉《とら》えどころのない感じがする女の子。確か、ぼくやノゾミとは同い年のはずだけれど、上にも見えるし下にも見える。ゆっくりと歩いてくると、サキに小さく頭を下げた。

「お久しぶりです」

「あー」

気のない返事をすると、サキはさりげなく相手から視線を外した。

「例の旅行以来かな」

「そうですね。あのときは、お世話になりました」

「あんまり、世話した憶《おぼ》えもないけどね」

「いえ」

薄く微笑んで、

「お世話になりましたよ」

とてもゆっくりとした話し方。控えめな表情。この子は、ぼくの側でもこちら側でも、あまり変わっていないようだ。

ノゾミが間に立って、ぼくを紹介してくれた。

「フミちゃん、先輩の親戚。嵯峨野……、なんだっけ」

「リョウ」

「そうそう、リョウくん。で、この子はね」

その子は、結城《ゆうき》フミカ。ノゾミの従妹《いとこ》で、金沢の隣町に住んでいる。ノゾミとは仲が良く、よく一人で金沢まで遊びに来る。

ぼくは結城フミカとは、何度か会ったことがあった。最後に見たのは学生服姿。ノゾミの、葬儀の日。式に出られなかったぼくを訪ねてきたのだ。ぼくがノゾミの最期《さいご》の様子を知っているのは、この子に聞いたからだ。

「わたしの従妹で、結城っていうの」

どうも、と軽く挨拶《あいさつ》する。

この子からノゾミの死の状況を聞いたとき、ぼくはもちろん、かなりつらい思いをした。フミカには何か使命感があったのか、その話はやけに克明だった。その記憶が蘇《よみがえ》り、ぼくは思わず、フミカから視線を逸《そ》らす。

しかし結城フミカは、ベンチに座ったぼくを、なぜかじっと見つめていた。熱いような……、冷めたような。彼女自身と同じく、どう捉えていいのかわからない凝視に、ぼくは既視感を覚える。その目は、ぼくの側でぼくに向けられたものと同じように思えた。あれこれ変わっている二つの世界で、フミカがぼくに向ける目は変わっていない。またつい、引き込まれるように視線を合わせてしまう。

なんだ、この子は……。

間の悪い沈黙に、ノゾミが茶々を入れてくれた。

「ちょっとどうしたの！　二人見つめあっちゃって」

別にぼくのほうは見つめちゃいなかった。単に、異様なまなざしから視線を外せなかっただけだ。どん、とノゾミがフミカの背を叩《たた》き、それでようやく視線が外れた。

フミカは照れたように微笑した。

「あ、うん、ごめん。ちょっとぼうっとしちゃって」

「初対面でぼうっとって……。ダメだよ、先輩の親戚なんだから」

何がどうダメなのかさっぱりわからない。そういえばぼくの側のノゾミも、こういう脈絡のよくわからないことを時々言っていた。生きて動いている諏訪ノゾミを見た最初のショックで抑え込まれていた懐《なつ》かしさがふと込み上げて、ぼくは一瞬、我を失いそうになる。目は自然とノゾミの横顔に向いてしまう。

そんなぼくに、サキが気づいた。

「どうしたの、今度はノゾミに見入って」

「え? わたし? やーん」

おどけながら身もだえするノゾミ。

「見入っていたわけじゃなくて……」

言葉につまり、ぼくは同じ単語をもう一度使ってしまう。

「……疲れただけ」

「あ、もしかして、おねむ?」

妙に嬉《うれ》しそうな声を、ノゾミが上げた。スウェットのポケットに手を突っ込んで、

「わたし、いいもの持ってるよ。眠くなくなる、不思議な白い錠剤!」

「ダメ、ゼッタイ……」

サキが呟《つぶや》くのにも構わず、ノゾミはポケットから空色のプラスティックケースを取り出した。軽く振ると、からからと音が鳴る。

「大丈夫です先輩、おくすりじゃないですよ。眠気すっきり、ミント系タブレット。

フミカに教わって、いまちょっとハマってるんです。朝、結構助かりますよ」

それはノゾミにはありがたい話だろう。目の前のノゾミのことは知らない、だけどぼくの側のノゾミのことならいろいろと知っている。たとえば、彼女が朝に弱かったことを知っている。それが精神的なものでなく体質的なものだとしたら、ぼくの知るノゾミとは太陽と月ほども違うこちら側の諏訪ノゾミも、やっぱり朝には弱いに違いない。「間違い探し」の中で、違っていない部分。

「いる？」

差し出してくる手に、ぼくは頷《うなず》いた。……このノゾミが、ぼくではなく、サキの歓心を買いたいからぼくに親切なのだとわかっていても、ぼくは喜んで手を出した。

が、そのノゾミの手は妨げられた。

すっと、ぼくとノゾミの間にフミカが割って入ってきた。同じ空色のケースを手にして。その動きがあまりに自然だったので、ぼくはあっと思う間もなくフミカからタブレットを受け取っていた。

「……目が覚めるよ。いま、これ、広めてるの」

手の平に、小さな錠剤。その錠剤と、フミカと、ノゾミを順々に見る。空振りした態《てい》のノゾミはフミカの背をまた叩き、

「やだなあ、もう！」

と頬を赤くして笑った。うつろな気持ちでタブレットを口に放り込む。途端、痛いほどに強烈なミントの刺激が舌の上に炸裂《さくれつ》した。ああ、なるほど、これは目が覚める。

「どう、効くでしょ？」

得意げなノゾミ。一方で、

「嵯峨野さんもどうですか……」

とフミカがサキにも勧めている。サキは両手を腰にあて、鼻を鳴らすような仕草をすると、思いがけない強い口調で言った。

「いらない。それよりフミカ、あんたあたしに用があるんだって？　それでわざわざ、来たんでしょ」

「あ、そうそう」

チュニックの裾《すそ》を翻《ひるがえ》し、ノゾミはサキに向きなおる。サキとノゾミとフミカとで三角形になり、ぼくはそこから少し外れて三人をぼうっと眺めることになる。

「なんかね、フミちゃんが先輩に会いたいんだって。先輩はわたしのだからダメーって言ったんだけど」

「あたしは別にあんたのもんじゃないけど……。で、何？」

……気のせいか、サキはフミカに対しては少し態度がとげとげしい。しかしフミカは別に気にする風もなく、変わらぬ落ち着いた口調でサキに訊いた。

「先輩、足、もう何ともないんですか」

サキはあからさまに鼻白んだ。

「そんなの、一昨年《おととし》の話じゃない」

「でも、最後に会ったときは、まだ、松葉杖《づえ》だったから……」

多分、例のイチョウに絡《から》んでサキが交通事故に遭ったという件のことだろう。さっきサキは、その事故では足の骨を折ったと言っていた。

その場でサキは屈伸し、軽く飛び跳ねる。

「その節はお見舞いありがとう。おかげさまで、もう完全に何ともないよ。日常生活はもちろん、走れるし飛べるし、後遺症どころかほんのちょっとした違和感も残ってない。パーフェクトリカバリー。ご心配には及ばない」

そう言って、サキはフミカに笑いかける。

サキの運動をしげしげと見つめていたフミカも、サキに微笑《ほほえ》み返す。

「……そうですか。それは、よかったです」

「訊きたかったのは、それだけ？」

「はい。気にかかっていたんです」

「そ。ありがとね」

それでこの話はおしまいというように、サキは大きく周囲を見まわした。河畔公園はまだ日が高いけれど、心なしか冷え込んでは来たようだ。さっきまで別のベンチに座っていたおじさんは、とうにどこかに行っていた。

「じゃあ、あたしら、捜し物があるから」

言い切ると、サキはさっと踵《きびす》を返し、ぼくに向かって人差し指を上げ「立て」の意味にした。

「待たせたね。じゃ、始めようか」

背を向けられたフミカとノゾミは、心残りげにしばらくその場に佇《たたず》んでいたが、やがてどちらからともなくジャスコへと戻っていく。

ぼくは、部外者であるぼくは、その背中をぼんやり見つめたまま、声をかけることさえできない。ひどい場面を見せつけられ、たじろいでいる間に全《すべ》てが済んでしまったような、あまりに不甲斐《ふがい》ない「再会」ではあった。

6

レンタサイクルを店に返す頃には、すっかり日が落ちていた。昨日は土曜の夜ということでとても賑《にぎ》わっていた香林坊だが、日曜はさすがにそれほどではない。

ただの広場にしか見えなかった河畔公園は、やはりただの広場でしかなかった。かつて諏訪ノゾミが腰かけ、昨日ぼくが横たわっていたベンチは、ただの木製のベンチだった。諏訪ノゾミと結城フミカが去った後、ものの十分もしないうちにサキにできることは、浅野川を眺めることか、アスファルトの上の煙草《たばこ》の吸殻を蹴飛《けと》ばすぐらいになっていた。

……ぼくは、使い物にならなかった。

腑《ふぬ》抜けたぼくにサキはあきれ気味だったけれど、レンタサイクルの店で別れるとき、初めて気遣うようなことを言ってくれた。

「キミ……。どうしたの？　もともと人畜無害系だと思ってたけど、今日は途中からほとんどゾンビだよ」

ぼくはかぶりを振った。口を利《き》くのも億劫《おっくう》だった。

「今夜は、父さんも母さんも帰ってくる。家に二人っきりはごめんだったけど、今夜一晩ぐらいなら匿《かくま》ってあげられるよ。昔、兄貴が使ってた部屋でよければさ」

「いや……、いいよ」

「昨日も漫画喫茶だったんでしょ。寝床もないんじゃ、そりゃ疲れるよ。いくら冬でも、お風呂《ふろ》も入りたいんじゃない？」

風呂にも入りたかったし、寝床も欲しかった。だけどそれよりもいまは、一人にしてほしかった。

「ありがとう、でも、ごめん」

「謝ることじゃないけどさ。……何か話したいことがあるなら、言ってみ？　キミには他に……」

言いかけて、サキは言葉を呑《の》み込んだ。しかし言わんとすることは充分にわかった。ぼくはこの世界に、誰も知っているひとがいない。ぼくが知っていても、相手がぼくを知らない。何か話すとしたら、それはサキを相手にするしかないのだ。

もともと、ぼくには友人はほとんどいなかった。小学生から中学生になり、男子も女子も羽化するようにそれぞれ新しい自分になっていった時期、ぼくは下ばかり向いていた。古い友人は去り、新しい友人はできなかった。しかしそれでも、この世界の誰一人としてぼくのことを知らないということを、いまは少しつらいように思う。

話したくない、というぼくの気配を察したのか、ベリーショートの髪を軽くかきあげるとサキは小さく溜息《ためいき》をついた。

「……わかったよ。風邪には気をつけな。明日は、東尋坊に行くんだろ？」

わからなかった。東尋坊に行けば戻れるのか。……そもそも、ぼくは戻りたいと思っているのかさえ。本当なら、何もしたくないのかもしれない。けれど、この弱った体と叫びだしたいような気持ちを抱えて、一日中何もせずにはいられないと思った。

「そのつもり」

小さく頷き、サキは身を翻す。そしてなぜか、香林坊のアーケード街の一隅を鋭い目線で睨《にら》みつけると、後はもう何も言わずに帰っていった。

財布を開く。……かなり苦しい。今夜の漫画喫茶代、明日の切符代……。それで元の世界に戻れないようなら、アルバイトも考えなければならないだろう。

家の居心地の関係上、夜の街を歩くことが少なかったわけではないぼくだけれど、大抵は町外れの公園なんかをうろうろしていた。香林坊のような華やかな場所で夜を過ごしたのは、昨日が初めてだ。しかしぼくは大抵のことはすぐに受け入れることができるので、二日目ともなると少し歩いてみる余裕もあった。

光のあふれる香林坊を通り抜け、早くも酔客が見られる片町も歩き過ぎ、犀川にかかる威圧的な鉄橋のたもとまで来た。繁華街からそれほど離れているわけではないのに、ここまで来ると街はしっとりと薄暗い。ぼくは犀川に沿って歩くことにした。腰の高さほどまでの堤防と、ぽつりぽつりと居酒屋の暖簾《のれん》が下がる家々との間の小道を。

昼間自転車を走らせた浅野川沿いと同じく、犀川の上も風が吹き抜けていく。上流からの風にウインドブレーカーの前をかきあわせる。日が落ちて、風は肌を切るようだけれど、その冷たさはぼくの気分をかえって落ち着かせてくれた。

諏訪ノゾミ……。生きているなんて。

その事実をいきなり突きつけられた河畔公園、ぼくはほとんどショック以外の反応を示すことができなかった。いま、一人になって、ようやく思いが込み上げる。風が冷やしてくれるから、ぼくはかろうじて自分を保っていられた。

生きて動いている彼女に、もう一度だけでも会いたい。あのかすれた声を、もう一度聞かせて欲しい。ノゾミが死んでから、ぼくはそれをどれほど願っただろう。身を焼くような激しい思いがようやく諦めに変わり、手向けの花を捧《ささ》げられるようになったいまになって、その願いがかなうなんて。

そしてそのノゾミは、ぼくの知るノゾミではなかった。

彼女は成長していた。ノゾミの時間は中学二年生で止まった。こちらのノゾミは高校一年生。ぼくの側では、その違いは、見た目に限って言っても大きなものだった。服装のことだけじゃない。ぼくは中学二年の彼女のことを少女だと思っていたけれど、さっきのノゾミと比べると女の子だったのだなと思わざるを得ない。……だが、それすら、些細《ささい》な違いだ。存在の質が違う。そう言えた。

ほとんど真っ暗な道の先に、ぼうっと浮かび上がるものがあった。ふらふらと近寄ると、跨《また》ぎ越せそうに小さな詩碑が立っていた。室生犀星《むろうさいせい》の碑だ。下からライトを当てられて、亡霊のような影が壁に上っていた。美や知から遠いぼくは、もちろん詩なんて知りはしない。けれどさすがに、犀星の一番有名な詩の一節ぐらいは知っていて、それはいまこの場で思い出すには、あまりに皮肉なフレーズだった。

ふるさとは遠きにありて思ふもの
そして悲しくうたふもの
よしや
うらぶれて異土の乞食《かたゐ》となるとても

帰るところにあるまじや

川辺に碑が立つような有名人が何を考えてこんな詩を遺《のこ》したのか、ぼくは知らない。ただ、ぼくにとって「ふるさと」が元の世界のことだとしたら、ノゾミがおらず父母が互いに監視しあうそこに、果たしてぼくは帰りたいか。それとも、心まで乞食にしてでもここに残りたいと思っているか。

ノゾミのことだけではない。ネイティブアメリカンアクセサリの店のこと、辰川食堂の爺《じい》さんのこと。……家のこと。

「間違い探し」は、いくらでも挙げられる。

暗闇《くらやみ》に沈む犀川の流れを横目に、このときぼくが抱いていたのは、再会の喜びではなかった。目をつむり、堤防に寄りかかる。

「……ろしてくれ……」

ああ、寒い。戻ろう。

振り返ると、結城フミカが立っていた。

「結城さん」

不意を打たれて、ぼくは随分とみっともない姿を晒《さら》してしまった。手で顔を軽く撫《な》でてから、ぼくはなんとか笑いかけた。

「偶然ですね」

しかしフミカはぼくの言葉に、愛想笑いというには薄すぎる笑みで応《こた》えた。

「こんなところで、偶然はないです」

時刻はとうに夜で、場所は犀川沿いの暗くひと気のない小道。言われるまでもなく、偶然などではなかった。しかし、

「じゃあ？」

「ごめんなさい。後をつけさせてもらいました。夜の片町を通ったのは初めてです」

言いながらフミカは、二歩三歩とぼくに歩み寄ってくる。黒いドラムバッグを、その胸に抱くようにして。つけられた怒り、無様なところを見られた恥ずかしさを、戸惑いが圧した。

「河畔公園から、ずっと？」

「いいえ。嵯峨野さんが使っていた自転車がレンタサイクルだったので、お店で待っていました。そこから、後ろに」

「どうしてぼくを」

フミカは、ぼくが思うよりもずっと近くまで足を止めなかった。間近と言ってもいい距離まで詰め寄ると、表情らしい表情も浮かべずにさらりと言った。

「あなたに、興味があったので」

ドラムバッグの陰から、手の平に収まる大きさの銀色のものが出てきた。黒々としたレンズ。デジタルカメラだ。フミカは、愛《いと》しそうにそれを撫でた。

「わたし……、写真を撮るのが好きなんです。特に、人間の写真が好きなんです」

「……そうなんだ」

それは知らなかった。

それとも、これもこちらの世界だけのことなのだろうか。

デジタルカメラを見つめ撫でていたフミカが、視線だけを少し上げる。

「嵯峨野さん、ですよね。わたし、是非、あなたを撮りたいんです」

「やめてくれ」

いまのぼくは酷《ひど》い有様だ。とてもじゃないが、残してほしい姿ではない。

随分強い語調で拒絶したと思う。しかしフミカは、怯《ひる》むでなく熱を込めるでなく、ただ言葉を重ねた。

「撮らせてください」

「やめてくれ」

「ごめんなさい。でも、改めて間近で見ると……。一枚だけ」

やけにゆっくりと、カメラを構える。そのおもむろな様子にかえって虚を衝《つ》かれ、はっとしたときにはフラッシュが焚《た》かれていた。

……撮られた。

このときぼくは、怒ってもよかったのだと思う。やめてくれと言っただろう、何のつもりだ、と声を荒らげてもおかしくなかった。高価な機械に触れたことはほとんどないけれど、その場でデジタルカメラを奪い取ってデータを消すぐらいならきっとできたはずだ。

しかし、ぼくが激情にかられそうになったのはほんの一瞬。フミカが、構えたときと同じようにゆっくりとカメラをドラムバッグの陰に戻すのを見ながら、ぼくはどうでもいいような心持ちになっていた。好きにしたらいい。……どっちみち、ぼくはこの世のひとではない。

そしてフミカが無理矢理ぼくを写したのは、ぼくが怒り出したりはしないということを、きっと見切っていたからなのだろう。これまでどこか作り物めいていたフミカの表情が、多分はじめて本当にやわらいだ。満足の色なのだろうか。

「心配しないでください。ひとに見せるようなことはしません」

そうしてくれ、という気力もなく、ぼくは黙ったまま歩き出す。フミカの脇《わき》をすれ違い、光鮮やかな歓楽街の方へ。

背中から声がかけられる。

「また撮らせてください。連絡先、教えてくれますか」

肩越しに振り返る。

「嫌だ。第一、宿無しなんだ」

笑うと、フミカがもう一度、カメラを持ち上げた。構えることさえせず、ただ振り上げて戻しただけの仕草。いまが夜で、フラッシュが焚かれなければ、撮られたことに気づきさえしなかったかもしれない。

「本当に最高です。……もう一度、会えるといいですね」

そう言ったフミカは、どこかうっとりとした表情を浮かべていた。

7

その夜、クッションは柔らかいけれどリクライニングの角度が少し不快な椅子《いす》に身を沈めたぼくは、単に回想していたのだろうか、それとも夢を見ていたのだろうか。

ぼくの側で諏訪ノゾミは、ぼくの提案を受け入れて、「何でもないひと」になった。

クラスに馴染《なじ》めなくても。

モラリストとヒューマニストのいがみあいがどんどん激しくなっても。

金沢の街でいくら雨が降り続いても。

ノゾミは何でもないひとなので、つらいのはノゾミではなく別の誰かということになって、いつも平気な顔をしていた。ドッペルゲンガーが彼女に重なっていて、楽しいこともつらいことも全部引き受けてくれているようなもので、それでノゾミ自身は常に凪《な》ぎでいられた。

ぼくもまあ、概《おおむ》ねそんな感じだった。

ある夜、ノゾミが例の囁《ささや》くようなかすれ声で言った。

「ママがいなくなったの」

「そっか」

「戻ってこない」

「気の毒に」

「パパはとても悲しんでる」

「それはよかった」

「でもわたしが悲しんでいないから、パパはわたしがママのことを嫌いだったんだって思い込んでる」

「それは違うね」

「うん。嫌いなんかじゃなかった。ママがいなくなって、わたし多分とても寂しく思ってるわ」

辺りは真っ暗で、その中でノゾミだけがほの白かった。あまり寒かった記憶はない。確か、夏のことだった。

「この間、フミカが来たでしょう」

前の休日に、ぼくは街でノゾミを見かけていた。見慣れない女の子と一緒で、そのときぼくはノゾミと目を合わせただけで別れていた。後で彼女が従妹《いとこ》だと知ったが、名前は聞いていなかった。

「フミカ？　あの、従妹のことか」

「うん。わたしを励ましていったわ」

「ちゃんと、哀れっぽくしてあげたんだろうね」

ノゾミは小さくかぶりを振った。

「わざわざ来てくれたのに気の利《き》いた泣き言の一つも言えなくて、ちょっと悪かったなって思ってるの」

そう言う口許《くちもと》に微笑《ほほえ》みが浮かんだ。

「でも、誤解されることは怖くない。嫌な気もしないの。何でかな……？」

声の余韻が夜に吸い込まれていくと、まわりはしんと静まり返ってとても落ち着いた。ノゾミの疑問は愚問だ。そのことは本人もわかってるはずだ。誤解されたのはノゾミの殻、ドッペルゲンガーで、ノゾミ自身はそもそも解釈されていないのだから嫌なはずがない。

ぼくもまあ、概ねそんな感じだった。

ただ、完全ではない。特異点がある。「でもね」と、ノゾミが呟《つぶや》いた。

「嵯峨野くんには、あんまり誤解されたくないかな」

「それは、ぼくもそうだよ」

少し考えるような間があって。

「……いつか話したことだけど、憶《おぼ》えてるかな。学校への途中にある、イチョウの木のこと。どうして切られないのか訊《き》いて、嵯峨野くんがわけを教えてくれた」

「そんなこともあったね」

「あのとき、おばあさんが思い出のために切らせないんだって聞いて、わたしがなんて言ったか憶えてる？」

ぼくはそっぽを向いた。

「さあ」

が、ノゾミはくすくす笑って、

「嘘《うそ》が下手。……わたしはね、『死んじゃえ』って言ったのよ。そうしたら嵯峨野くんは、がっかりしたみたいだった。嵯峨野くんがどう思ったかは大体わかる。でもわたしは、おばあさんがみんなの道を狭くしたから死んじゃえって言ったんじゃない」

言われてみれば、そのときのぼくは既に、ノゾミがそう考えはしなかったということを知っていたようだ。しかし、ではどうしてとなると、思いつくことはなかった。

気を持たせるような沈黙の後、かすれた声が平板に言った。

「……あの木を切って道を広げるために、役所のひとはきっと沢山お金を払おうとしたと思うの。もしかしたら、金額を上げて何回も説得に行ったかもしれない。だけど、おばあさんは売らなかった。おばあさんはお金は欲しくなかったから。お金なんかよりも、思い出の方が大切だったから。素敵なおばあさんよね。素敵な人生だわ。そう思ったら、わたし……。

おばあさんを、殺してやりたい気分になっちゃって」

ぼくは頷《うなず》き、思ったことをそのまま言った。

「ああ、なるほど。それなら、わかるよ」

そして、ふと興味を覚える。

「いまはどう？　やっぱり、殺してやりたい？」

ノゾミはゆるゆるとかぶりを振った。

「そんなわけない。もう、おばあさんのことなんてどうでもいい」

そうだろうね。

焦点のはっきりしない目で、ノゾミは遠くを見る。

「最近わたし、自分が夢の中にいるような気になる。まわりのひとがみんな夢の中の住人で、わたしとは関係ないような気がするの。薄い膜がかかってるみたい。わたしと、他のひとを隔てる、薄い膜が」

それはぼくがドッペルゲンガーという言葉で抱いているイメージによく似ていて、ぼくは驚いた。……なんでもないひとになるとは、そういうことなのかもしれない。

ぼくは言った。

「それなら諏訪さんは、確かに無敵だ」

「男の子って、そういう言葉が好きだよね。……でも、そうね」

そしてノゾミは、言葉遊びのようでもあり暗示のようでもある言葉を口にした。

「夢の中にいるわたしを傷つけることができるのは、きっと、夢みたいな『理由』だけなんだと思う」

「夢みたいな？」

ノゾミの言わんとすることが、ぼくにはわかった。

それは多分、無邪気な悪意や、ねじれた狂気や、そんなようなふわふわしたもののこと。

ぼくは笑った。

「夢の剣だ」

ノゾミは咎《とが》めるような、あきれたような目でぼくを見たけれど、すぐににこりと笑ってくれた。

「男の子って、本当にそういう言葉が好きだよね」

しかし実際にノゾミを殺したのは事故だった。
人間の心に対してどれほど無敵を誇っても、事故では、まあ、仕方がない。

第三章　知らない影

1

椅子《いす》のクッションに深く包まれていた。目を覚まして、新聞配達のバイトに遅れたかと肝を冷やしたが、すぐに事情を思い出した。漫画喫茶はよく空調が効いていて、ウインドブレーカーのジッパーを上げて寝れば寒くはなかったけれど、やはり空気は悪くて喉《のど》がいがらっぽくなっていた。

狭苦しい個室ブースの中で立ち上がったら、関節がみしみしと悲鳴を上げた。寒さと夜露が凌《しの》げるならそれだけでよしとぼくは甘く考えていたけれど、寝床とは手足を伸ばせる場所でなくてはならないのだと二日目にして思い知った。

新聞だけは読ませてもらった。二つの世界の「間違い探し」は続いているけれど、さすがに政財界は別に変わっていない。いや、変わっていても気づかなかったか。ぼくは足元を見るのに精一杯だ。社会面も、スポーツ面も同じ。これまで目を向けさえしなかったことの変化など、わかるわけもなかった。ただ、経済面に、面白い記事を見つけた。新語を解説する、短いコラム。俎上《そじよう》に上がった単語は、『ボトルネック』。

【ボトルネック】

瓶の首は細くなっていて、水の流れを妨げる。そこから、システム全体の効率を上げる場合の妨げとなる部分のことを、ボトルネックと呼ぶ。

全体の向上のためには、まずボトルネックを排除しなければならない。

ぼくは笑った。まず排除しなければならない、とはいい言葉だ。無論、そこが問題点とはっきりしている以上、そうするしかないだろう。排除されるのが一番いい。

朝食は買わない。滞在費を払う。歯ブラシに剃刀《かみそり》、身だしなみもこれすべて金、金、金だ。駅までは大分遠く、バスも出ているけれど、もちろん歩いていく。

今日は月曜日。混みあう香林坊の車道もまだ通勤ラッシュには早かったけれど、バスはもう動いていて、バス停の前後に数珠繋《じゅずつな》ぎになっていた。すきっ腹と鈍い体の痛みと少しの悪寒《おかん》とを抱えて、ぼくは朝の道を行く。始業時刻にはまだ間があるけれど、ちらほらと見える学生服、セーラー服、ブレザー。今日は学校がある。サキもノゾミも学校だ。少し心細いが、少しほっとしている。

平日に学校に行きもせず私服で街を歩いているが、違和感はなかった。ぼくは大抵のことは受け入れられるし、学校に行かなかったのはこれが初めてというわけでもない。武蔵《むさし》ヶ辻《つじ》のデパート街はまだ開いていなかった。今朝は珍しく雲量が少なく、太陽の光が差し込む中、シャッターが下りたままの街をただ歩いていく。

昨日、河畔公園では、口をききたくないから疲れたと言ったけれど、今日は実際朝から体が重い。そして頭は、何も考えられなかった。さし当たっての目的地がそこしかないから東尋坊に向かうだけで、こうしたいということもなく、こうするべきだということもなかった。

金沢駅の前は玄関口らしくきれいに整備され、歩道さえ磨き上げられたようだった。物心ついたころからやっていた駅前の整備工事はついこの間終わり、駅は一種奇妙な空間となっていた。

駅前広場を高く覆《おお》う、金属パイプの天蓋《てんがい》。そして、DNAのようにねじれあった柱が支える、木製の巨大な門。おそらく、観光客を出迎えるための門なのだろう。駅に降り立ち、観光地という非日常に足を踏み入れる観光客を迎える、見上げるような門。……しかし、いまから金沢を出ようというぼくに、その門は何か別の、異様な印象を与えた。この門をくぐることに一瞬、ためらいさえ覚える。あるいは、単に巨大な構造物へのいわれのない恐怖のためだったかもしれないが……。

しかし門を迂回《うかい》するのもあまりに卑屈な感じがする。素知らぬ顔でくぐってみれば、印象はただの印象、別に何ということもなかった。

駅前広場の広告パネルに「ようこそ　北陸の小京都へ」と大書されたポスターが延々と貼《は》りつけられていて、優れているとされるものを小規模に模倣しているということがそれほど誇らしいことなのか、ふと疑問に思った。

金沢駅に入り、切符売り場に向かうと、切符の自動販売機の前で仁王立ちしている人影があった。ぼくはぎょっとし、立ちすくんだ。

「やっぱ、朝一番か。急いで出てきて正解」

黒のタートルネックセーターにベージュのジャケット、白いビーズで飾られたデニムパンツ。昨日の華やかな装《よそお》いに比べるとぐっと実用的な服に身を包んだ、嵯峨野サキがそこにいた。

「どうして……」

思わず呟《つぶや》くと、サキは不敵に笑って、

「キミ、お金ないみたいだったから。漫画喫茶で寝てるって言ってたけど、ああいうとこって時間制でしょ。なら、夜遅く入店して朝はすぐに出てくるだろうなって思ってさ」

さすがにいい読みをしている。その通りだ。だがぼくが知りたかったのはサキが「急いで」出てきた理由ではなかった。

「いや、何で来たんだ、ってことなんだけど」

「キミは」

ぴっ、と右手の人差し指を突きつけて、

「まーだ自分の特異さをわかってないね。昨日も一昨日《おととい》もばたばたしてて、あたしはキミの話をまだ全然聞いてないんだよ。あたしにだって好奇心はあるんだ。あたしが生まれなかったら、世界が、ってちょっと大袈裟《おおげさ》かな。えっと、金沢がどうなってたかってね」

なるほど。ぼくは自然と目を伏せる。

「大した話はないよ。家のことはもう話したし」

「そうかもしれないけどさ。ちょっと、訊《き》きたいこともあってね」

言いながらサキは握っていた左手を、ぼくの前でゆっくりと開いた。そこには切符が二枚。……金沢から、芦原温泉までのもの。

「東尋坊まで、ご一緒させてもらうよ。切符代は、あたしのおごり」

それはものすごく助かるけれど、

「あんた、学校は」

大きく肩をすくめて、

「ま、一日ぐらい、死にゃしないって」

「物好きっぽいとは思ってたけど、筋金入りなんだな。あきれるよ」

サキから差し出された切符を受け取って、ぼくはそう呟く。サキは笑って応《こた》えず、ぼくに背を向けるとさっさと改札に向かって歩き出した。

サキがホームに向かうのを急いだ理由がわかった。時刻表を見て行動していたわけではなかったけれど、あと五分で目当ての列車が出るという絶妙のタイミングだったのだ。その五分で、サキは迷わず売店に足を向けた。

「キミ、朝ごはん食べた？」

「……いや」

「普段は食べる方?」

かぶりを振る。

「そっか。じゃ、いっか」

と呟くと、サキは売店の品揃《しなぞろ》えを一瞥《いちべつ》し、ほとんど迷いなくあれこれと手を伸ばしはじめる。払うのはサキとわかっていても、ぼくは思わず声を上げた。

「あ、ぼくは何も」

しかしサキは取りあわず、

「いいからいいから、あたしに任せときなって。列車の旅ならコレとコレと……。それとコイツは欠かせない、っと」

旅と言うけど、金沢から芦原温泉までは普通列車でも一時間ちょっと。そんなご大層なものではない。会計を済ませ、白いビニール袋を提げて振り返ったサキがぼくの顔を見て首を傾《かし》げた。

「あー」

「……何か」

「いや、キミがどうこうじゃなくて。……あたし、末っ子なんだけど」

「知ってるよ」

「いま一瞬、あたし姉っぽくなかった？」

何を言い出すかと思えば。ぼくはひどく投げやりに言った。

「姉っぽいかどうかは知らんけど、あんたが世話焼き気質だってのは土曜からわかってたよ」

傾けた首を反対側に傾け直し、

「そうかな。……キミに速攻見抜かれるってことは、あたしもよっぽどなのかな？」

そして変に笑うと、

「ひとのことは、見てればわかるんだけどね」

と。ひとのことを見ていられるとは、大したものだ。

列車の発車が近いことを知らせるアナウンスが流れる。

上り普通列車福井行き、七時五十分発。サキは、特急料金までは払ってくれなかった。乗り込んで程なく、列車は重たそうに金沢駅を離れていく。

車両には、割に人が乗っていた。四人がけの向かい合わせの席が並んでいて、ほとんどの席には一人か二人、座っていた。ざっと見まわすと老若男女《ろうにゃくなんにょ》揃っていて、中にはぼくやサキと同じく、高校生ぐらいの子も何人かいた。奇妙なことには、それらの乗客はみなしんと押し黙って、動き出した車内には列車がレールの継ぎ目を踏む音だけが響いていた。ぼくたちもまた、四人がけの席を二人で占める。そして、車内の不思議な沈黙にまるで頓着《とんちゃく》せずに、サキが明るい声を上げた。

「じゃ、ま、とりあえず」

窓際《まどぎわ》のでっぱりにサキが広げたのは、ビーフジャーキー、スルメ、そしてポッキー。

「ご遠慮なくどうぞ」

言いながら、自分は早くもポッキーを一本つまみ出している。よほど好きなのだろう。じゃあ、とぼくはビーフジャーキーを頂くことにした。肉の味、硬い歯ごたえ、強い塩気。どれも、なんだか妙に、久しぶりのような気がした。

「で、まずはさ……」

そうしてサキが訊いてきたのは、近所の犬がどうだとか、どこだかの畑に柵《さく》はあったかとか、サキの友人はどんな具合かとか。どうでもいいようなことばかりだった。何を訊かれるかと内心身構えるところがあったぼくは、拍子抜け半分にそれに答えていく。そして当のサキも、それらの質問にはさほど熱が入った様子ではなかった。

列車はたちまち西金沢駅を過ぎた。

金沢の隣町、野々市《ののいち》にさしかかる。そういえばフミカはこの町に帰ったはずだが、サキじゃあるまいし、まさか駅で待ち構えているということもないだろう。列車が止まると、上品なスーツを着こなした老人とそれに影のように寄り添う老婆《ろうば》が降りた。乗る者はない。

車内で声を上げるのは、やはりサキとぼくの二人だけ。

「……あとは、あれだ。中学のときの新川！　あれはあたしの十一年の学校生活の中で二番目にこりゃろくでなしの部類に入るんじゃないかって思えた先生だったけど、あんたはどうだった？」

「新川、か」

教師の良否は、残酷なほどに学校生活を左右する。そのことをぼくも知らないわけではない。けれど、ぼくはそっちの面では結構恵まれていた。中学以降のぼくの担任は、ぼくの凡庸な目をもってしても明らかに、流れ作業要員のような教師ばかりだったのだ。助けにはならなかったけれど、ひどい目にも遭わなかった。

それで充分だった。

「……そいつの噂《うわさ》は聞いたけど、教科担任にもならなかったから……」

「むう。そっか。あたしのバトルがどこまであいつの性根に響いたか、知りたかったのにな」

噂では、新川の意に染まなかったために脛《すね》の骨を折った生徒がいたということだった。事故で片づいたらしいけれど。あの女に楯突《たてつ》いたというなら、サキはきっと、どこかがおかしいのだろう。

しかし、いくらぼくでも察しはついた。これらは全部話の枕《まくら》で、サキが本当に訊きたいことは別にある。

そして実際、松任《まっとう》の駅を出るころに、サキ自身が口調を改めてこう言った。

「ま、枕はこの辺にしておこうか」

声のトーンが重くなる。

「あたしが訊きたいのは、キミとノゾミの関係だ」

先端だけをかじったポッキーを指の間でぶらぶらさせている。その不規則な動きが妙に目について、すっきりとしない気分を少し煽《あお》るようだった。

ぼくとノゾミの関係は、誰にも知られていなかった。いや、正確には、結城フミカにだけしか知られていなかった。そのフミカにしたところで、ぼくたちの関係を言葉で問うてきたことはない。ぼくは誰にも話す気はなかった。世界が変わっても、その気が変わってはいない。

「あんたには関係ないことだと思うが」

突き放すようにそう答える。しかしサキは、これまでになく真剣で、引き下がるつもりはまったくなさそうだった。

「そうかもね。……だけど、ちょっとほっとけないことを思いついたもんだから」

「どんなことを」

「昨日、あの河畔公園からずっと、キミの様子がおかしかったことについて」

少し自嘲的《じちょうてき》な笑みを浮かべて、

「あたしも鈍かった。キミの想像力のことをやいのやいの言えないね。昨日、キミはノゾミの姿を見てからおかしくなったんだ。そのことには気づいてたよ。だけどあたしは、そのときのことをどう解釈したものかすぐにはぴんと来なかった。

で、昨夜、キミの様子を思い出して一番いい形容を探したわけ。『驚いた』とか『びっくりした』とかさ。キミがノゾミを見たときの様子を表現するのに、あたしが最終的にこれだって思った言いまわし、何だか想像してみ？」

あのときぼくが受けた衝撃を、他の誰かが形容しうるとはとても思えない。

だからサキが、ぼくが答えないのを見透かして、

「あれはね、『まるで幽霊でも見たような顔』だったんだよ」

と言ったのには、正直肌に粟《あわ》が立った。

そしてそんなぼくの反応に、サキの表情は一層暗いものになる。

「図星だったみたいだね」

「……」

「ノゾミそのものを見てショックを受けたってことは、あの結婚記念の皿と同じ理屈じゃないかなって思ったんだけど……。参ったな。本当に、そうなんだ」

力なく笑って、サキはベリーショートの髪を軽く掻《か》く。

車窓の外を流れていくのは、荒涼とした冬の景色。収穫を終え、雪に閉じ込められるのを待つばかりの農地。列車の速度は遅く、たたん、たたんという音も間延びして聞こえる。足元を暖気が流れていく。十二月というのに、頬に汗が伝う気配。

まったく、ぼくの姉は侮《あなど》れないひとだ。

ぼくは、浅い溜息《ためいき》をついた。

「あんたには、本当に驚くよ。その通り。確かに、ノゾミは死んだ」

睨《ね》めつける精神力もなく、ぼくは俯《うつむ》く。

「だけど、それは『ぼくの側の』諏訪ノゾミのことだ。『あんたの側の』じゃない。やっぱり、あんたには関係ないことだ」

サキは、憤然とした様子を隠そうともしなかった。車両の中に満ちていた静けさを

打ち破る高い声で、

「関係なくないでしょ！　ノゾミのことだよ。キミとノゾミがどういう関係だったかは知らない。だけど、あたしとノゾミにはちゃんと関係がある」

「昨日も聞いたな。どういう関係だよ」

しかしサキは、言葉の勢いのままに何か言おうとして、はっと口を閉じた。ぼくの表情を窺《うかが》い見ながら、

「……いい後輩」

「威張るほどじゃないな」

列車は美川《みかわ》に停まる。到着を知らせるアナウンスに遠慮したように、ぼくたちは二人とも口を閉じる。数人が、また列車を降りていく。ばらばらに、無言のまま。開いたドアから吹き込んだ風の冷たさは、いつものようにぼくを平静に戻してくれる。

ドアが閉じ、列車が動き出す。そしてぼくが口を開く。

「ノゾミのことは、あんまり話したくないんだ。できれば訊かないでほしい。それでも、あんたには聞く権利があるって主張するのか？」

「ふうん。ネガティブな方向には、骨があるんだ」

吐き捨てるようにそう言うと、サキは言葉を選ぶように少し考え込んだ。

「……そうだね、是非聞かせてほしい。あたしはそれを聞かなきゃいけないと思う。だけど、その理由を説明するのは、ちょっと待ってほしいな。キミがノゾミのことを、どこまで知ってるかによるよ」

ぼくが、ノゾミのことを？

ノゾミ自身はこう言っていた。——わたしのことを知っているのは嵯峨野くんだけ。わたしはわたしに、興味ないし。

ぼくは、そうであることを信じている。

「知ってるよ。いろいろと」

「ノゾミが金沢に来た理由も？」

「ああ」

サキは難しい顔になった。その理由はぼくにもわかった。ノゾミの事情は、あまり触れまわるようなことではない。まして、ノゾミのいない場所では。

解決策は、もちろん、サキが提示した。あまり乗り気でない様子でポッキーをぼくに突きつけ、

「一つずつ挙げていこう。キミとあたしで、ノゾミのこと。知らないことがでてきたら打ち止め。あたしも、必要以上にあの子のことは話したくないからね」

ぼくは少し考えるふりをして、それを受け入れた。一番いい方法とは思わないけれど、ぼくにはきっと、サキ以上の方法なんか思いつかない。

暖房で温められた空気に、ぴんと緊張が張り詰めた感じがした。サキは単に知りたがりでこんなことを始めるのではない。ぼくにも、それぐらいの察しはついていた。

サキは少しくちびるを湿らせ、落ちつき払った声で言った。

「じゃ、あたしから。……ノゾミは、横浜から引っ越してきた」

まずは様子見のような、当たり前の情報からだった。ぼくも、それに見合ったことから挙げる。

「ぼくが中学一年のとき。つまり、三年前」

「なかなかクラスに馴染《なじ》めなかった」

「ノゾミは金沢が嫌いだった」

サキは小さく頷《うなず》いた。

「雨が多すぎるから」

……そしてぼくは早くも、言葉に詰まる。

雨が多いから、金沢は嫌い。ノゾミは確かにそう言っていた。自分から話を持ちかけてくるだけのことはある。サキは本当に、ノゾミのことを知っているらしい。もっともこの話は、ノゾミにとっても別に秘密ではなかったと思うけれど。

サキがそれぐらいのことは知っているというのなら、もう少し話せることがある。それでも多少の後ろめたさを感じたのか、ぼくの声は知らず小さなものとなる。

「ノゾミが……、ノゾミの一家が金沢に来たのは、横浜にいられなくなったから」

同じ後ろめたさを、サキも覚えたのだろう。苦い顔をしている。

「ノゾミのお父さんが、借金を作った」

「正しくは、その友達が」

「破産して、マンションを売って、母方の親戚《しんせき》を頼って金沢に来たんだよね」

全《すべ》て、かつてノゾミが言った通り。

間の悪い沈黙が下りた。ふとサキから目を逸《そ》らすと、車窓から見える空はいつの間にか、また重苦しく鼠色《ねずみいろ》になっていた。列車が速度を殺していく。次は小松、と聞き取りにくいアナウンスが入った。

ノゾミの父は、ノゾミいわく「ヒューマニスト」だった。さすがに詳しい事情は聞かなかったし、当時中学一年生だったノゾミも多分正確なところは知らなかっただろう。しかし大枠としてはこんな感じだったらしい。

ノゾミの父の友人が商売を始めた。コンピュータの設定やトラブルシューティングを出張サービスで専門に扱う会社だったらしい。別に独創性があるわけでもないその新商売に、ノゾミの父親はヒューマニズムゆえに力を貸した。具体的には、友人の借金の連帯保証人になった。

そして破産した。

別に、破産したならしたで、家も財産も売り払って仕事も辞めて横浜を逃げ出す必要なんかなかったんじゃないか。そう考えたのは、やはりぼくが当事者でなかったからだろう。諏訪家ももちろん、一番いい方法を探った上で金沢への移住を決めたのだろうから。

しかし、環境の変化がよくなかったのだろうか。ノゾミが言うには、「あんまり空が暗いから、お母さんがちょっと狂っちゃったみたい」。

ノゾミの母は「モラリスト」だったという。ノゾミの話を総合すると、横浜時代は借金を負ったノゾミの父をよく支え、励まし、時には叱《しか》り時には慰めたという。表情らしい表情も浮かべず、ノゾミは「あのときが、もしかしたらパパとママが一番お互いに優しかったかも」と振り返った。しかし破産し引っ越してくると、金を返せなかったことが耐えがたいストレスになった、というのがノゾミの解釈だ。そのストレスは、とうとう、「ヒューマニスト」ゆえに背負い込まなくていい借金を背負い込んだノゾミの父に向けられた。

あとは、まあ、ぼくも似たような体験をしているので、聞くに及ばなかった。ノゾミはいつも、禁欲的なまでに色彩のない服しか着ていなかった。諏訪家は、華やかな服を娘に買ってやることができなかったのだ。

……嵯峨野家の場合、岐路は存在していたかもしれない。サキが機転を利《き》かせてキレたおかげで、こちらの嵯峨野家は命脈を保っている。ぼくの側ではあいにくそうは行かなかった。そういう岐路が、存在したのかもしれない。

しかし諏訪家の場合は、嵯峨野家の二人目がリョウだろうがサキだろうが、どうにもなるわけがなかった。事態の根本にあったのは数千万単位の金。

他家の子供にどうこうできた話じゃない。

いつの間にか停まっていた列車が、また動き出す。話すのはぼくの番。しかし、ここまで知っているサキは当然、ノゾミの家がどんな状況だったかも知っているのだろう。思えば、異性よりも同性の方に話しやすそうなことではあるのだ。なら、ぼくが話せることはもうあまりない。

こうした事情を抱えていたノゾミは、果たして何を望んだだか。

あの日、河畔公園でノゾミはそれを口にした。

「だから、ノゾミは……」

ぼくの声は多分ぼそぼそとして、いくら車両の中がしんとして線路を踏む音しかしていなかったといっても、サキには聞き取りづらかっただろう。

「ヒューマニストにもモラリストにもなりたくなかった」

ぽとり、とサキの手から何かが落ちた。

見ると、かじりかけのポッキーがリノリウムの床を転がっていく。サキは覿面《てきめん》にうろたえた。

「あ、あ、もったいない！」

それを拾い上げる。筮竹《ぜいちく》よろしくポッキーを目の前に掲げ、

「……三秒ルール？」

と呟《つぶや》くが、自分からかぶりを振って窓際に除《よ》けた。

そして、改めてぼくと目を合わせる。サキはなんだか、表情が抜け落ちたように見えた。やがて面白くもなさそうに言ったことには、

「だからノゾミは、何になろうか考えていた、んだよね」

と。

予想できていてもよかった。なぜサキが、ぼくと同じぐらいにノゾミのことを知っているのか。それ以前に、どうしてこちらのノゾミは、サキを慕っているのか。しかしぼくのあまり優れているとはいえない洞察力はサキの言葉を予想することなどできず、ぼくはまたしても、言葉を失うような感覚を味わった。

ノゾミは何になろうか考えていた。そう、それもその通り。あの日のノゾミの言葉を、多分ぼくがノゾミに恋をし始めた最初の日に言われた言葉を、サキも知っていた。

そしてぼくは悟る。こちら側のノゾミの、あの「変わりよう」の理由を。

……そうか。そういうことか。

これはひどい。ひどい話だ。

もう、ゲームを続ける必要はない。ぼくはサキを見据えて、言った。

「あんたも、あの河畔公園で、ノゾミに会ったんだな」

列車は加賀温泉駅に滑り込み、ブレーキの軋《きし》みが収まりドアが開かれると、また何人かが列車を降りていった。壮年の男に、セーラー服の女。子供。黙りこくったまま、列車を降りていった。空模様はますます暗くなっている。

サキはふっと笑い、沈黙がそれで破られた。

「いやあ、驚いたね。正直、参った。キミが電波な話を振りまくペテン師だとしたら、かなり念が入ってる。ヒューマニストとモラリスト、ね。まさかそのフレーズがでてくるとは思わなかったな」

新しくつまみ出したポッキーの柄で、自分のこめかみを二度三度とノックする。そして、その先端をぱくりとかじり取った。ぼくの方は、とてもじゃないけれど、ビーフジャーキーやスルメに手を出す気にはならなかった。

サキはふと、車窓に目を流す。

「……そっか。あの日、母さんの義理で顔を出すことになったけど。母さんは町内会だったっけ。そういう事情は、どっちでも変わんないよね」

ノゾミが河畔公園の白いベンチに一人でいた日、母の遠い親戚の芸人がジャスコで芸をするからと、ぼくは駆り出された。ぼくがいない世界ではサキが駆り出された。

何の不思議もないことだ。

「何ていったかな、あの芸人」

そうぼくが呟くと、

「つまんなかったよねー！」

突然身を乗り出し、サキは万感の思いを込めて唸《うな》るように言った。一も二もなく同意する。どこで笑ってほしかったのか本人に問い詰めたくなるようなあのステージが、三年の歳月とちょっとした次元のずれを超えて話の種になったということに、ぼくは笑った。お愛想のような硬い笑みだったけれど、いまのぼくはそんなことぐらいでしか笑えそうもなかった。

……あの日ぼくは、ノゾミを救ったつもりでいた。それはぼくだけにしかできなかったと思ってもいた。違っていたらしい。

ぼくがいなければ別の誰かがやっていた。そういうことだったか。

ひきつった笑みが消えていく。

「あの日が……」

口の中が渇いている。少し口ごもってから、言い直す。

「あの日が、ノゾミの岐路だったんだな。ぼくじゃなくてあんたがいたから、こっちのノゾミは、ああいう性格になったんだ」

「ああいう？」

「脳天気な」

サキは苦笑するような表情になった。

「ま、ね」

列車からはまたひとが降り、誰も乗らない。金沢ではそれなりに混んでいた車内に、ひとの姿はもうぼくとサキと、あと数えるぐらい。笛のような甲高い音を立てながらドアが閉まる。列車はまた、ゆっくりと動き出す。

「そっかあ……。あの場に、キミが、ねえ」

軽く天を仰ぐようにしながら、サキはそう呟いている。少し、物思いにふけっているようだ。それを邪魔するのは気が引けたが、ぼくは訊《き》かずにはいられなかった。

「聞かせてくれないか。ノゾミとは、どうして知り合ったんだ」

「あ、うん」

どこか虚《うつ》ろな返事だ。けれど、つばを飲むほどの間があってサキが話したことは、とても整然としていた。

「別に特別なきっかけがあったわけじゃないよ。中学校のとき選挙管理委員会で一緒になって、並んで仕事するうちに話すようになっただけ。学校じゃ学年もいっこ違うし、引っ越してきたってことと金沢の天気が嫌いってことぐらいしか聞かなかったな。で、芸人を見にやらされた日に、河畔公園にいたんだよね。結構寒い日だったと思うけど、ベンチに座ってた」

ふっと吐かれた息は、サキなりの溜息《ためいき》だったのか。

「……あたしじゃなくっても、キミにもおんなじセリフを言ったんだね。ヒューマニストにもモラリストにもなりたくない、って。そのとき話を聞いてやったら、それから懐《なつ》かれちゃって。

まあ、甘えすぎかなって思うこともあるけど、総じて可愛《かわい》い後輩だよ。うん」

そして背もたれの硬い座席にもぞもぞと座りなおすと、きっぱりとした口ぶりで訊いてくる。

「あたしにも聞かせて。あの日、あたしじゃなかったら……。キミの側のノゾミは、どんな性格だったの？　キミの言い方だと、随分違ってるみたいだけど」

ぼくは深く頷いた。随分、なんてものじゃない。

「違ったよ。あんなふうじゃなかった」

もっとも、単純に比較はできないか。

「……中学二年で死んだけどね」

「あ、そうなんだ……」

「ぼくの側のノゾミは」

切り出しながら、ぼくの視線は自然と伏せられていく。思い出すのがちょっとつらいからというのももちろんある。が、整理して自分から話すことがあまりないので慣

れていないというのも、サキを正面から見られない理由の一つだったと思う。考え考え、ようやく、

「どんなことが起きても、それを自分のことじゃないように受け止めることができる子だった」

と言えたことで、話の取っ掛かりを見つけられた。ぼつりぼつりと、ぼくは続けた。

「だからあんまり喜んだり笑ったりしなかったけど、その分、つらいとか苦しいとかとも思わずに済んでいた。

こっちじゃどうかわからないけど、河畔公園で会ったその後で、ノゾミの母さんは家からいなくなった。だけど、ノゾミは平気だった。

感情の起伏に乏しくて、昨日見たノゾミとは比べ物にならないくらいだった。言われれば何でも嫌がらずにやったけど、自分からはあまり何もせず、笑うことも少なかった。愛想の悪い転校生ってことで、あんまり友達もできなかった」

「それは……」

「全然、違うだろ？」

つたない説明だが、二人のノゾミがほとんど百八十度違っていることは充分に伝えられたはずだ。しかし、サキはなぜか黙り込み、頷くこともしない。ぼくは薄笑いを

浮かべ、もう一度、念を押した。

「全然、違うんだよ。二人のノゾミは」

が、サキは、ついと首をかしげた。

「……そうかな？」

「え？」

「キミの話を聞いて、二つわかったことがあるよ。えっとね、一つは違ってる話で、もう一つは違ってない話」

言いながらサキは、自分の腿《もも》の上で指をチョキの形に突き出す。

「まず、ノゾミのお母さんだけど、キミの側では失踪《しっそう》したみたいだね。こっちでも確かにノゾミのお母さんは、借金のことが苦しくて家を出たよ。でも、それは失踪じゃなかった。お父さんには何も相談しなかったみたいだけど、ノゾミにはいつか戻るからって言い残して、実家に帰ったの。キミの側じゃ、何にも言わずに消えちゃったみたいだね。……ここが違う。どう？」

ぼくはノゾミの母の行方について、聞いたことがなかった。だからはっきりとは言えないけれど、サキの言い分は多分当たっている。ぼくとノゾミとはいろいろなことを話したので、ノゾミの母が落ち着き先を伝えていたなら「ママがいなくなった」とは言わなかっただろう。

「それは、そうだろうと思う」

「ま、些細《ささい》なことかもしれないけどね。そして」

サキの腿の上で、指が一本折り込まれる。

「違ってない話。あのね。……ノゾミの性格は、あたしの側でもキミの側でも、多分全然変わってないよ。おんなじだな、ってびっくりしたぐらい」

「待てよ」

ぼくは思わず口を挟んだ。

「ひとの話を聞いてなかったのか。……あ、いや」

声を荒らげかけて、口ごもる。

「それとも、こっちのノゾミも、中学生のときはぼくの側のに近かったのか」

「全然」

サキは激しく手を振った。

「もう全然変わってないから、こっちが心配になるよ。中一から高一になって、ちっとも性格が成長してないんだから」

事がノゾミをわかってるかわかってないかということだけに、ぼくは必死に頭をひねった。

「人前では明るく振舞って、あんたみたいに気を許した相手の前では陰鬱《いんうつ》になるとか、そういうパターンか」

「いやー、誰の前でもあんな調子。ミス傍若無人！　みたいな。あのままじゃ、いつかそれで痛い目見るよ、あれは」

ぼくは自分が顔をしかめているのを知った。話のつじつまが合っていない。

「……それじゃあ、どういうつもりなんだ。あんたは、ノゾミが変わってないって言ったんだぞ。ぼくの話したノゾミと、昨日会ったノゾミと、どこが同じなんだ」

「あー。どう言えばいいかな」

サキは少し考え込んだ。ポッキーをつまみ、先端だけかじって、あとは指の間で弄《もてあそ》ぶ。そのポーズをぼくは、どう話せば物分りの悪い男にわかってもらえるのか考えているんだな、と受け取った。牛ノ谷という小さな駅に着き、ほとんど無人になった列車がゆっくりと発車する頃になって、サキはポッキーをつまんだままでベリーショートの髪を掻《か》き、ようやく言った。

「キミさ。昨日のノゾミ見て、どんな子だと思った？　キミの側のノゾミのことは忘れて、昨日のノゾミだけ考えて表現してみ？」

昨日のノゾミ……。

生きていて、しかも別人のようだった諏訪ノゾミ。

ぼくは基本的に、ひとに対して印象というものを持たない。持ったとしても、それを言葉にすることはほとんどない。ノゾミに関してはさすがに思ったことはあるけれど、言いづらい。口をつぐんだままのぼくを訝《いぶか》ってか、サキが訊く。

「どした？　なんか、言いづらいことでも思いついちゃった？」

「思いついた、というより……」

口ごもって目を逸《そ》らす。

「言っても意味がないような気がする」

サキは不思議そうだ。どう言えばいいのだろう……。ぼくにとっては、割とはっきりしたことなのだけど、会話の経験の乏しさがもどかしさにつながって、ぼくはらしくもなく手振りをつけてしまう。

「つまり……。表向きの、見た感じの印象なら言えるけど、あのノゾミにだって裏はたっぷりあるだろう。表面上の性格だけ見たって、そんなのはいくらでも取り繕える。でも、裏まで見てしまえば、きっと誰も彼も大して変わりはない。ノゾミだって、ぼくだって」

父だって、母だって、多分サキも、大同小異の同じ穴の狢《むじな》。あれは優しいとか、あれは誠実そうだとか、心の皮一枚のことを言ってもあまり意味がないような気がして、ぼくはひとに対してはあまり印象を持たない。

サキはきょとんとした顔で、人差し指一本で自分の頭を掻いた。

「えーと。なんだろ。変な話だね」

「かもしれない」

「虚無主義的に聞こえるけど」

そんなつもりはない。

「でも実際は、理想主義的だね」

そんなつもりはまったくない。

手の中でくるくるとポッキーをまわしながら、サキはさほど熱心そうでもなく、むしろ気だるげだった。

「まあ、わからなくもないよ。想像もつく。あたしも幼少期の家庭状況はキミとおんなじだったんだから。本音と建前がすっごく離れてる中で、他人の建前だけ見てても何の意味もない。うん。気持ちはわかる。

……だけどキミ、誰も彼も似たようなもんだと思いながら、でもノゾミだけは特別だと思ってやってなかったの？」

「……」

答えられなかった。

サキはちょっと肩をすくめた。

「ま、それはいいや。建前は本当の姿じゃない。オッケー。それでいいよ。言い換えようか。ノゾミの本当の性格じゃなくって、ノゾミが表面上どんな子に見えるか、どんな子に見られようと思っているか。キミの目で見えた範囲で、言ってみて。ねえ、キミにはそうは思えないかもしれないけど、それだってなかなか馬鹿《ばか》にならないファクターなんだから」

皮一枚の印象を、敢《あ》えて言えというのか。

こちらに来て、サキに会ってから、ぼくはやりたくないと思っていることを次々とやらされている気がする。ただ、次第次第に、ぼくはそれに慣れつつあった。サキには何か考えがあるのだろうと思うから、一生懸命に拒む気にはならない。

もっとも、ぼくが必死に拒んだことなど、これまでどれくらいあっただろう。

「いいよ。言えって言うなら」

言葉を探す。

こちら側の諏訪ノゾミ。……昨日会った彼女は。

「……天真爛漫《らんまん》で、つらいことなんか何もなさそうだった。

初対面のぼくに対しても物怖《ものお》じせず、開けっぴろげに応対してくれた。

ミントタブレットをくれようとした。きっと、おせっかいなところもあるんだろう。

ちょっと馬鹿っぽくも見えたけれど、あのノゾミはとても楽しそうで……。きっと、

周りのひとも、楽しい気分にさせると思う」

サキは我が意を得たりとばかりに頷《うなず》いて、ポッキーをぼくに突きつけた。

「オッケー。じゃ、次。キミの見立てでいい。あたしは、どんな子だと思う？　遠慮

なし、無礼講全開で、はいどうぞ」

サキ、か？

いまの問題はノゾミのはず。どうしてサキを評さねばならないのかと不審に思いつ

つ、問われれば自然と考えはそちらに向かう。ぼくの脳裏にはいくつかの表現が浮か

んでいた。

嵯峨野サキ。ぼくとはまったく違う、嵯峨野家の二人目の子供。天真爛漫で、ちょ

っと馬鹿っぽいけれど、普段はきっと周りのひとを楽しい気分にさせているのだろう。

おせっかいで、初対面のぼくに対して物怖じもせず……。

ぼくの顔色を読み取ったのか、サキは突きつけていたポッキーを下ろす。

「そうなんだよね」

サキは、ぼくをほとんど哀れむような目つきで見ていた。

「諏訪ノゾミは、かなり、あたしに似てるんだ。まあ、完全に同じとはあたしも思わない。正直言って、あたしの方がノゾミより頭がいいし落ち着きがあるからね。でも、基本、あたしとあの子はおんなじだよ。……その理由、想像できるでしょ？」

指の間のポッキーをひとかじりし、サキは続ける。

「キミが、キミの世界の諏訪ノゾミのことを語ったとき、すぐにぴんと来たよ。キミが挙げた特徴は、まるっきりキミ自身だった。それを聞いて、やっぱりノゾミはノゾミだったなあって思ったんだ」

「……」

「話の流れがこうなったから言っちゃうけど。ノゾミはいまのところ、ひとの性格を模倣してるだけだよ。かなり、依存に近い。

あの日のことをキミも知ってるなら、話が早い。慣れない土地で、いきなり家庭の事情が混乱して、ノゾミは心底参ってた。そこにあたしが通りかかった。ノゾミはあたしに、指針を求めたんだ。答えは多分、重要じゃなかった。答えてくれるひとがいるってことが大事だったんだ。

そりゃね、あたしもそれなりに親身に、ノゾミの話を聞いてあげたよ。あんなクソ寒いとこで座り込んで、『だーれーか、たーすーけーてーっ！』って全身で主張してる後輩を放ってはおけなかった。でも、あたし別に特別なことは言わなかった。『ヒューマニストにもモラリストにもなりたくない』って言われたから、『じゃ、オプティミストになれば？』って言っただけ。あたしがそうだから。ほんと、それだけだったんだよ。

なのにノゾミはそれから、すっかりあたしに懐いちゃって、みるみるオプティミストになっていったんだ。昨日、あたしはあの子にちょっと邪険だったと思わない？あの子は不安定だった。だから、あの子があたしになろうとすることを、あたし止めなかった。だけどさ、そろそろあの子も、ひとり立ちするべきだと思ってるんだ。

……えっと。あたしの言いたいこと、わかるかな」

わかる。

サキは多分そこまでは言うつもりはないだろう。しかし、つまるところ、こうだ。

ノゾミを助けるのは、誰でもよかった。ニヒリストが通りかかっていれば、ノゾミはニヒリストになっていただろう。ペシミストが通りかかればペシミストに。ぼくの側のノゾミが「何でもないひと」だったのは。

「そんな！」

思わず声を張り上げる。

「そんなこと……、ノゾミはそんなんじゃ」

対するサキは、別に自分の言葉にこだわる風ではなかった。

「ま、これはあたしの諏訪ノゾミ観だからね。キミに共有してもらいたいとは思ってない。ひとを見る目は、ひょっとしたらキミのほうが確かかもしれないしね」

ぼくの見ていたノゾミは、本当の諏訪ノゾミではなかったかもしれない。ぼくはそんなことを、思ったことはなかった。

そして、言われてみれば、すぐにでも思い当たってしまうのだ。

あれほど急速にノゾミの性格が変化していった理由を、サキの見立ては確かにうまく説明している。だけど。

ぼくはノゾミを、誰よりも知っていると思っていた。ノゾミ自身がそう言ったから。そう信じていた。それが、全部、ただの鏡像だったと？　いくらなんでも、それはな

い。そんなことはない。どうして、

「どうして、そんなことが言えるんだ」

ぼくの呟《つぶや》きに、サキは困ったように眉《まゆ》を寄せた。

「どうして、って……」

考え込み、宙を睨《にら》み、ポッキーを振りまわした果てに出てきた言葉は。

「うーん。見ればわかるじゃん、としか言えないな」

列車はちょうど、芦原温泉に到着した。

車両の中にはいつの間にか、ぼくとサキの二人が乗るだけになっていた。

2

金沢から芦原温泉まで、一時間ちょっと。

その間、指折って数えたわけではないけれど、通過した駅は十を優に超えるだろう。しかし、古びた車両に、誰一人として乗ってくることはなかった。金沢から誰も彼もが下車していき、いま芦原温泉駅でぼくたちが降りると、無人の車両がのっそりと駅を出て行った。

角度が垂直な背もたれと、交わされた会話に疲れ果て、小さな駅舎の改札を抜けるぼくの足取りは重かった。次第次第に暗くなっていった空は、いまや見渡す限り黒々とした押しつぶすような雲に覆《おお》われている。駅舎を出るとたちまちびょうと吹きつけた風に、ぼくは身を震わせた。

それはサキもそうだったようで、ベージュのジャケットごと自分の体を抱くと、ぼくに向かって笑いかけてきた。

「ちょっと、失礼いたしますわね」

そそくさとその場を離れていく。これからまた三十分ほどバスに揺られるのだけれど、ぼくの方は別に催してはいない。吹きっさらしの露天でぼけっとつっ立ってることもないだろう。駅舎に戻ってサキを待つことにする。

さすがに名に温泉と冠する駅だけあって、芦原温泉駅はそれなりに立派なたたずまいをしている。改札には駅員も詰めているし、ホームも四番まである。しかし、東尋坊を始めとする観光案内のポスターがべたべた貼《は》られた駅舎で、客らしいのはぼくの他には一人だけだった。二日前も、こんなにひとの気配がない場所だったろうか？

その一人は、小学生ぐらいの子供だった。ジーンズにスタジアムジャンパーという格好で、手には何かゲーム機のようなものを持ち、ベンチに座って床に届かない足をぶらぶらとさせている。髪は短くばっさりと切っているけれど、見た目からはまだ男の子とも女の子ともわからなかった。平日なのに、学校は大丈夫なのだろうか。もっともそれをいえばぼくだって怪しいものだし、サキにいたっては堂々とサボっている。

子供がふと顔を上げた。ぼくと目が合う。

にこりと子供が笑った。……途端、ぼくはものすごい違和感を感じた。その子の表情が妙に分別くさく、年不相応な、似つかわしくないものに感じられたからだ。

そんなぼくの心も知らず、その子は立ち上がると、ゲーム機のようなものを片手に持ったまま、ぼくに近づいてきた。

「おはようございます」

そう呼びかける声は、しかしいかにも子供っぽい、高くて屈託のないものだった。ぼくは少しほっとして、その子に愛想よく挨拶《あいさつ》を返す。

「おはよう」

「こんな時期に、こんなところに、珍しいね」

敬語で話しかけてきたくせにたちまちタメ口になってそう言うと、子供はぼくを無遠慮にじろじろと眺めまわした。

「温泉に来たの？　それとも、東尋坊？」

人懐《なつ》っこい子だな。あまり明るい気分ではなかったけれど、子供を邪険にするほど荒《すさ》んでいるわけでもない。何とか笑い顔を作って、少し屈《かが》んでやる。

「東尋坊に行くんだよ」

「ふうん……」

きょろきょろと周りを見まわし、

「一人で？」

と何故《なぜ》か不安そう。

「いや、二人だよ。もう一人は、トイレ」

「そっか。よかった！」

おかしな子だ。

「よかったって、どうして？」

子供の機嫌は変わりやすい。その子の表情がふっと翳《かげ》る。

「あのね。魔が差すんだよ」

「魔？」

「一人でいるとね、魔が差すよ。死んじゃった人が呼ぶんだ。生きてるひとが羨《うらや》ましくて、魔になって貶《おとし》めるんだ」

子供の声は、ひそひそとしたものになっていく。貶める、などという年に似合わない言葉も、ごく自然にその口から流れてくる。

「一人だと、誘われちゃうよ。二人でないとダメなんだ」

「誘う……。何が」

「〈グリーンアイド・モンスター〉」

子供は俯《うつむ》き、黙り込む。

ぼくも、何を話せばいいかわからない。ややあって、ようやく鸚鵡《おうむ》返しに言った。

「グリーン……？」

「〈グリーンアイド・モンスター〉。妬《ねた》みの怪物」

そして子供は、後ろめたいものを共有するようにそっと、手の中のゲーム機のようなものをぼくに差し出した。

「こいつだよ」

〈グリーンアイド・モンスター〉

ゴーストけい
　ねたみのかいぶつ。

　生をねたむ死者のへんじたもの。

　一人でいるとあらわれ、いろいろなほうほうで生きている人間の心にどくをふきこみ、死者のなかまにしようとする。

　心のどくを消すほうほうはない。


　ぼくは笑って、子供の頭を撫《な》でた。

「わかった。気をつけるよ」

　子供は顔を上げ、ぼくを睨むようにして強く言った。

「絶対だよ」

「そうだな」

　と、ホームの方から女の声が呼んだ。

「川守！　もう、汽車が来るよ！」

「あ、うん！」

子供が大声でホームに向かって叫ぶ。ほとんど同時に、駅舎の外からサキの声が呼んだ。

「リョウ、バスが来たよ！」

おっと、来たか。ぼくと、川守と呼ばれた子供は目を交わしあう。

「じゃあな」

と言われたので、ぼくも、

「じゃあな」

と返しておいた。子供は手を振ると、ホームに向かって駆け出していった。

3

バスに揺られて三十分。海岸へと向かうゆるい坂道の左右には、あまり活気のない土産物屋が並んでいる。店先には店員の姿もなく、ただ静まり返っている。観光地なのだからそれなりに賑《にぎ》わう季節もあるのだろうけれど、いまはぼくとサキの二人が底冷えの中をゆっくり石畳を踏んでいくだけ。活気がないというよりもどこか廃墟《はいきょ》然として、ぼくはなぜか、世の果てを歩いているような気にさえなった。

ぼくは首をかしげた。一昨日は、こんな風には思わなかった。観光シーズンでないとはいえ、それなりに活気があったと思ったけれど。少なくとも、人影もないということはなかった。

サキがふと、呟いた。

「久しぶりだな。建物とかはあんまり、変わってないね」

少しだけ、意外だった。

「来たことがあるのか、東尋坊に」

「あ、うん」

記憶を辿《たど》るような間があって、

「一昨年かな？　ノゾミたちと来たよ」

「……いつごろ？」

「え、だから一昨年」

「そうじゃなくて、季節」

サキはぼくに向かって手刀を振るうような仕草をした。

「想像力！　あんまり変わってないって言ったってことは、季節もおんなじだって当たりをつけなきゃ」

実は何となくそうじゃないかと思っていたのだが、口にするにはあまりに根拠が弱いので言わなかっただけだ。そこを責められ少しむっとしたが、そんなことよりも訊くことがあった。

「一昨年の、もしかして、十二月」

「えっ、そう言われても。……うーん、海岸に来るには明らかに寒すぎる時期だったけど、雪はまだ降ってなかったよ。十二月だったかもね。ただ、今日はちょっと、寂しい雰囲気だね」

ぼくは頷《うなず》いた。

坂は終わり、なだらかにカーブする道の向こうからは波のとどろきが聞こえてくる。

「ノゾミたちと来た、って言ったな」

うん、と頷くと、サキはちょっとぼくの顔を窺《うかが》うようにした。そして小さく肩をすくめて、

「ま、いまさらキミに隠すことじゃないか。

ノゾミのお母さん、家を出て行ったよね。そのとき、ノゾミがショックを受けたんじゃないかと思ってフミカが様子見に来たの。でも、ノゾミはもうオプティミストを

真似《まね》てたから、あんまりつらそうじゃなかったな。

で、そのときフミカが……」

「ノゾミを慰める旅行を提案したんだな」

サキは小さく笑う。

「細々としたところが一致してるよね。慰めるためだったかどうかはともかくとして、そんな感じ」

「それに、あんたも同行したんだ」

「ノゾミに頼まれたからね。あと……」

何か言いかけて、言葉が途切れる。

「あと？」

と促すが、サキはゆっくりかぶりを振った。

「ううん、何でもない」

波頭の砕ける響きは、いよいよ近くなっている。土産物屋の先に冬の海が垣間見《かいまみ》える。風は正面から通りを吹き抜けてきて、何かの紙屑《かみくず》がくるくるとすっ飛んでいった。

なるほど。いまのサキの話で、こちらのノゾミが生きていた理由もおおよそわかった。この世界のパターンも、それなりにわかってきた。

ぼうっとしているぼくに、サキが訊《き》く。

「キミは、三度目？　四度目？」

おかしなことを言う。

「いや、二度目だけど」

「えっ」

サキは狐《きつね》につままれたような顔をした。

「いまが二度目？　ここに来るのが？」

何がそんなに不審なんだろう。しきりに首を捻《ひね》っている。

「……二度目だと、変か？」

サキはいまや、ぼくがどんな生活を営んできたか知っている。それなのにぼくがそう何度も観光地に来ていると考える理由がよくわからない。腑《ふ》に落ちないといった色をありありと浮かべてサキが言うには、

「するとキミは、初めて訪れた東尋坊で、この怪現象に巻き込まれたんだ」

「怪現象？」

また、手刀を振ってくる。さっきよりも手が近い。

「馬鹿《ばか》っ！　何のためにあたしらここに来てると思ってんのっ。キミをもとの世界に

帰すためでしょ！」

そのことか。そう、もちろんここは、ぼくがいるべきでない場所だ。小さく頷いて、

「そうだな。初めてだった」

サキはしばらく怪しむような目でぼくを睨《にら》んでいたが、やがて空を見上げると、大《おお》袈裟《げさ》に腕を組んだ。

「つまんないなぁ。東尋坊から金沢の公園に飛ばされた。ところがキミは、東尋坊に来たのも初めてだし、河畔公園にも心当たりがないという。この摩訶《まか》不思議超現象には、何の因縁も法則性もないっての？」

そんなことはぼくの知ったことではない。ぼくがここにいる理由なんて答えようもないけれど、サキに想像の材料を提供するためでないことは、確かだと思う。……ただ、サキが間違っているのは、ぼくがここに来たのは確かに二日前が初めてだけれど、因縁がないわけではないという点。サキの声は、少しうんざりしているようだった。

「ってことはさ。キミ、一昨日何しにここに来てたわけ？　そういえば聞いてなかったね」

「言わなかったか」

「聞いたっけ？　そもそも一人だったの？　いまごろキミの世界ではさ、大きな穴が

東尋坊に開いていて、テレビのレポーターかなんかが穴のふちに立って『ガス爆発の悲劇が……』とか言ってるかもしれないよ」

冗談めかしたお喋《しゃべ》りには取り合わない。いまさら深刻ぶった言いまわしをする気も、ない。

「弔いに来たんだよ」

「……え？」

「弔いに来たんだ」

視界が開ける。水平線まで荒れた海。黒く低く、端から端まで雲に覆《おお》われた空。地響きのような波の音と、荒れ果てた岩場の風景。

ぼくは言った。

「ぼくは、諏訪ノゾミを弔いに来た。彼女は一昨年の十二月、結城フミカと旅行に出かけ、ここで崖《がけ》から落ちて死んだ」

二年の間に、ぼくは自分がノゾミの死に慣れていくことを自覚していた。忘れていくことを、と言ってもいいかもしれない。もともと、仕方のないことを仕方がないと受け入れるのは大得意なのだ。

しかしいまこうして、ノゾミの名前と死という言葉を並べて口にして、自分がほとんどつらさを感じないのは意外だった。もちろんのことだが、頭の中で思っているだけというのと実際に発語するというのとでは、全然違う。以前はノゾミの名前の形に口を動かすことさえできなかったのに。

一方、なぜか、サキは茫然《ぼうぜん》自失といった態《てい》だった。

「ノゾミが、ここで死んだ……。ここで……」

焦点を結ばない目で、二度三度とそう呟《つぶや》いている。

この三日間で、ぼくは度々強い衝撃を受けた。それはぼくがぼくの知らない世界に迷い込んだ当然の帰結だったろう。しかし、いったいサキは、何をそれほど驚いているのだろう。ぼくの側のノゾミが死んでいることは、とうに知っているはずなのに。

サキの様子は話しかけるのが悪いような気がするほどなので、ぼくは黙って歩を進める。

といっても、岩の形や波の色を見てても仕方がない。奇観を眺めに来たわけでなし、ぼくの足は遊歩道に向く。一昨日と同じように。松林に入るけれど、海を渡ってくる風の強さはまったく変わらない。サキは黙ってついて来た。

そして、一昨日と同じ、開けた場所に出た。

崖のふちに、転落防止用の防柵《ぼうさく》。と言えば聞こえはいいけれど、実際は背の低い木の杭《くい》に太い鎖を張っただけのもの。……ぼくの側で見たのと、ほぼ同じものだった。ただ、サキとぼくの違いをはっきり示すのは、その鎖がすべて一様に真新しいものであったというところ。一ヶ所だけ新しい、などということはなかった。こちらでは、転落事故はなかった。だから鎖はどこも等しく古びていき、そして最近、全部いっぺんに取り替えられたのだろう。

ぼくは鎖ぎりぎりに立ち、一昨日そうしたように、崖の下を見下ろした。波頭が砕けるさまはいかにも力強いけれど、ぼくの側と比べて特別変わったところはない。容赦のない風の強さ、冷たさもおんなじで、薄いウインドブレーカー一枚では充分な役には立たないところも覚えがある。突然吹きつけたとりわけ強い風に、ぼくは思わず二歩三歩と後ずさった。

鎖が杭に打ち込まれている部分は、少し赤みを帯びていた。鎖そのものは新しいだろうと思えるのに、もう錆《さ》びかけているのか。海に臨む崖の上、しかもこれほど強い潮風にさらされ続けるのだから、錆びてしまうのも仕方がないだろう。しかし、だとしたら、錆びるような金属を防柵に使うべきではないんじゃないか？

仮に。仮に、誰かがそれに気づいて柵の素材をナイロンロープか何かにしていたとしたら。そうしたら、ぼくの側でも、ノゾミは生きていたかもしれない。

……わかっている。無茶な話だ。いもしなかった人間の発想を当てにするなんて馬鹿げている。それに、こうすればノゾミは無事だったのでは、などという仮定を確かめる術《すべ》などない。確かめようもない無数の仮定の中で、唯一《ゆいいつ》「こうであればノゾミは死ななかった」とはっきり言えるのは、「嵯峨野家の二人目の子供がサキであれば」というものだけ……。

突然、思い切ったように意気込んでサキが訊いてきた。

「ねえ、そのときのこと、話してくれない？」

思いもかけない強い言葉に、ぼくは少したじろいだ。サキは、なにやら切迫したような面持ちで、この三日間ほとんど絶えず余裕を漂わせていた嵯峨野サキには似つかわしくない。その分、かえってこちらが冷静になれた。

「そのときのこと、って？」

一瞬口ごもるけれど、サキはきっぱりと答えた。

「ノゾミが、死んだときのこと」

……想像力が自慢のサキらしくもない。

ぼくはサキの顔を正面から見据える。

「あまり、思い出したくないな」

「いや、気持ちはわかるよ。わかるけどさ」

それがわかると口にするあたり、やはりサキの想像力は休眠したらしい。本人は気づいているのかいないのか、サキは心持ち口早になっている。

「どうしても、聞きたいの。キミがノゾミに同行してなかったことはわかるから、キミの知ってる範囲でいいからさ」

「なんで?」

当然の、端的な疑問。しかしサキは歯切れが悪い。

「……それは、ちょっと、話を聞かせてもらってからじゃないと言えないかな」

「何だそれ」

思わず、少し言葉が荒くなる。

「興味本位で聞く話じゃない。大体、ぼくが何でここに来てると思ってるんだ。さっきあんた自身が言っただろ、ぼくが元の世界に帰るためだって。まだ何にも調べてないんだ。

あんたのノゾミは生きてるけど、ぼくのノゾミは死んだんだ。……話したくない」

しかしサキは一歩も譲ろうとしない。仁王立ちになって、ぼくを睨み返してくる。

ぼくはもちろん、わかっている。より意志強固なのはどちらなのか。

睨みあってる最中でも、わかっているのだ。

「古傷だって承知の上で、それでもどうしても聞かなきゃいけないの」

「だから、どうしてだって訊いているだろ」

「キミのノゾミの事故が！」

サキはほとんど、叫ぶようだった。

「ただの事故じゃないかもしれないからよ！」

……何を。何を、いまさら。

事故じゃないって？

なら、自殺か、それとも他殺とでも言いたいのか。そんな可能性は、とっくの昔に消えている。サキはそれを知らないのだ。大体、ノゾミを殺そうなんて誰も思わない。事故でなければ自殺ということになるけれど。

だがそれこそ絶対にありえない。「何でもないひと」は自殺なんかしない。流されるだけの人間に、そんな強い思いは抱き得ない。絶対に、だ。ノゾミが落ちたのは、どう考えてもただの事故だった。サキの想像力に、ちょっと妄想が入り込んだに違いない。

サキは、いま自分の口から出た言葉に少し驚いたようだったけれど、それで慌《あわ》てるようなことはなかった。かえって沈着さを取り戻し、それによって余裕めいた雰囲気も戻ってくる。

「……まあ、聞いてみないと何とも言えないけどね。ごく簡単でいいからさ。たとえば……。そう、どうして落ちたのか、とか」

ノゾミの死の事情は、思い出したくなかった。ノゾミという人間がいた事実ごと、忘れてしまいたいとさえ思っていた。ましてひとに話すなんてことは……。考えられないことだった。

彼女の死の直後、ぼくは眠りから覚めるたびにそこが冷たい言葉の支配する自分の家であることを思い出し、次いでそこは変わっていないのにただ諏訪ノゾミだけがいなくなっていることを思い出していた。

悲しいとか寂しいとか自分は不幸だとか、そういうはっきりしたことはあまり思わなかった。ただ、どうしようもなく体の調子が悪かった。四六時中頭がくらくらし、思い出したように吐き気が襲い、気がつけば朝だったり夜だったりした。それでいて学校には毎日通っていたのだから、いま考えてもわけがわからない日々だった。

が、しかし。いまは。

「ノゾミが死んだときのこと、か」

そう口に出してみる。

やっぱりだ。さっきと同じ。あまり、苦しくならない。全然とは言わないまでも。

……理由は何となくわかるような気がした。二年の間にノゾミの死に慣れてしまったから、というのはもちろんあるだろう。もう既に受け入れてしまっているのだ、と言えば、そうかもしれない。

しかし、それよりも何よりも、生きて動いているノゾミに会えたためじゃないか。それがぼくの知る諏訪ノゾミでなかったとしても、ぼくは笑う諏訪ノゾミと言葉を交わした。それで、一旦《いったん》受け入れきったはずの彼女の死が、なんだか夢だったような気がしているのだ。

そう。ここでは、あの死は別世界の話。

落ち着いていられるなら、意地を張る必要はない。……おとぎ話のようなものだ。

ぼくはサキに向かって、小さく頷《うなず》いた。

「わかった。又聞きばっかりだけど」

波と風の音がうるさくて、話にはあまり向いていない場所ではあった。

ぼくは、こんなようなことを話した。

母親に去られたノゾミを、フミカが慰めに来たのはこちら側と同じだ。そのときのノゾミは慰められなければならないほど落ち込んではいなかった、というのも多分同じ。ただ、何故《なぜ》ノゾミがつらいと思わなかったかという理由の方向性は逆だったろうけど。

「わたしがあんまり平気にしてるから、フミカは無理してるって思ったみたい」

そしてフミカは、気晴らしに旅行に行くことを提案した。土日だけの小旅行で、行き先も金沢のすぐ近くの東尋坊。ノゾミには行く理由はなかったが、断る理由もなかった。借金を背負った諏訪家でも、母に去られた娘に一泊二日の外泊を許すぐらいのことは、何とかできたのだろう。

ここまではノゾミから聞いた。後は、葬儀の後で訪ねてきてくれたフミカから聞いた。

二人は土曜日の夕方にチェックインした。素泊まりだったそうだ。中学生だけで宿を取れたのは、フミカの用意で事前にノゾミの父から連絡が行っていたからだという。日が落ちていたので、東尋坊見物は日曜にすることにした。土曜の夜は話をして過ごしたらしいが、ノゾミとフミカでどんな話ができたのか、ぼくには見当がつかない。

日曜の朝。十二月の朝は冷えるから、宿を出たのは遅めだったらしい。二人は東尋坊に向かった。いまみたいに、無人ということはなかったらしい。柱状節理という珍しい岩場を見物した後、二人は遊歩道に入った。ノゾミはそこで、転落防止用の鎖に腰かけた。

もちろん、当日も風は強かった。しかし、ノゾミを襲った突風の強さは予想外だった。ノゾミは風にあおられて、海に向かって大きくのけぞった。

そのとき、古くなっていた鎖が、杭から抜けた。

フミカは、

「鎖があんなに崖の近くでなかったら、ただ転げ落ちただけだったかもしれません」

と言っていた。

ノゾミはそのまま、後ろ向きに崖から落ちた。

「落ちていくノゾミと目が合いました。即死でした。苦しまなかったと聞いています」

そこから先は、新聞やテレビでも報道された。観光名所での不幸な事故。亡《な》くなったのは金沢市の中学二年生、諏訪ノゾミ。管理体制に問題はなかったのか。地元自治体の担当者は語る。「今後このようなことは二度とないようにチェック体制を強化していきたい」。

その後、抜けた鎖だけが張り替えられ、他の部分は二年経《た》ってもまだ替えられなかったのは、一昨日見た通り。ぼくは別に、それに不満は覚えない。葬儀は三日後。ぼくは、警察の検分があったので、通夜《つや》は死後二日経って行われた。ぼくとノゾミとの関係は、フミカしか知らないことだったからだ。家族にノゾミのことは知られたくなかった。それに、そもそも葬儀にそこに出ることはできなかった。ぼくとノゾミとの関係は、フミカしか知らないことだったからだ。家族にノゾミのことは知られたくなかった。それに、そもそも葬儀に出ることの意味もわからなかった。ぼくが神妙な顔で手を合わせて拝むと、ノゾミにどんな得があるというのだろう?

フミカは、制服でぼくを訪ねてきた。

そして、聞いているのかいないのかわからないふうだっただろうぼくに向かって、しきりに気の毒がりながら、ノゾミの最期《さいご》を事細かに話してくれた。

そのときは内心で耳を塞《ふさ》いでいたけれど……。

サキは相槌《あいづち》も打たず、じっと黙って、一言一句も聞き逃すまいというように真剣にぼくの話を聞いている。ぼくは、

「ノゾミの最期の様子を聞けてよかったと思えるようになったのは、最近のことだ」

と話を締めくくった。

「何かおかしい」

即座に、サキはそう言った。二年間、望むと望まざるとにかかわらずぼくが反芻《はんすう》し続けた物語を、ただ一度聞いただけで、サキはそう言った。

険しい顔つきで、

「想像してみて。ノゾミがそこの鎖に座るところを」

それはサキの独り言だったけれど、ぼくの脳裏にもうすぼやけた像が描かれる。目の前の崖のふちに、ノゾミの姿。しかしぼくはもう、ぼくの側のノゾミを、よく思い出せないのだ。

影のようなノゾミが、鎖に座る。おかしいとしたら、どうしてそんな危ないところに座ったのか、というところだろうか。もしぼくがその場にいたら、止めただろうか。……いや。危ないと言っても、それは後知恵だ。そのぐらいのこと、不自然とは思わない。

びょうびょうと吹きつける風に顔をしかめながら、サキは海を睨《にら》んでいる。あるいは、海との境目の鎖か。

その横顔の、一心不乱なさまを見つめながら、ぼくはふと思う。なるほど、こいつならノゾミを死なせなかったかもしれない。

ノゾミが死んでから……。いや、家があんなふうになってから……。

違う。もうずっと、憶《おぼ》えていないぐらいずっと前から。もしかしたら生まれつき。

ぼくはあんなふうに、必死に物事を考えたことがない。ぼくの思考は散漫でまとまらず、先の見えない靄《もや》を照らすこともできなければ、邪魔になる壁を打ち抜くこともできない。これでも学校の成績は悪くないのだけれど、それを誇りにできるほど頭抜けているわけでもない。

外見からでは、頭の中まではわからない。けれど、黙りこくってくちびるを噛《か》みしめてさえいるサキの思考が、集中され力強いものであることを、いまやぼくは完全に認めていた。

どれぐらいの時間が経っただろう。あまり長くはかかっていなかったかもしれない。目をつむりそうなぐらい細くしたしかめ面《つら》のまま、サキが言った。

「そっか。なるほど。そりゃ確かにありえない」

重く、しかし確信に満ちた声で。

「……嘘《うそ》だね」

ぼくは嘘などついていないが、ぼくに言われたわけではないので黙っている。サキはふと、いまぼくに気づいたように顔を上げると、口許《くちもと》だけを笑みに形作った。

「あ、悪いね。あたしちょっと急用ができた。キミに付き合ってやれないのは残念だけど、次の特急で帰るわ」

それだけ言ってすたすたと歩み去ろうとする。たまらず呼び止めた。

「待てよ！」

肩越しに振り返るサキに、ぼくは語気を強めて言った。

「それはないだろう、いくらなんでも。話させるだけ話させて、急用って何だ？　事はあんたのノゾミの話じゃないんだ。何か気づいたなら、聞かせてくれるべきじゃないか」

サキの足が止まる。目に迷いが浮かんだ気がした。

「……そうか。うん、もっともだね。もちろんそうすべきだ。正直、あんまり気が落ち着かないんだけど……。ごめん、十秒待って」

十秒で何をするのかと思ったら、サキは大きく天を仰ぐと、潮気を含んだ空気を胸いっぱいに吸い込んで、深い深い呼吸をした。

それからぼくに右の手の平を向けて、

「モア、一分」

ビーズで飾られたデニムパンツのポケットから、紙片を取り出す。腕時計と見比べて、一瞬眉《まゆ》をひそめたかと思うと今度は小さく頷き、それを元通りポケットに戻すとぼくに笑いかけた。

「わかった。落ち着いていこう」

ぼくは落ち着いていた。むしろ、落ち着きをなくしたサキを見ているのが不安だった。しかしいまやサキは余裕を取り戻し、荒れる海に目を向けている。

「時間があるなら……。ここで話すのが、一番ふさわしいかもね」

「時間って」

話が見えず、ぼくは戸惑って訊《き》く。

「何の時間なんだ。ノゾミと関係があるのか?」

「うん」

あっさりとした返事。サキは腰に手を当てて、足を少し開き気味に立った。

「おかしいと思ってたことがあったんだけど、キミの話で確信に変わった。こんなとこで日本海見てる場合じゃねーって、ちょっと慌てかけたよ」

「だから、何のことだ」

「ノゾミがね、事故に遭うの」

……ぼくは言葉を失った。

一方のサキは、さっきの十秒で全《すべ》て事態を把握したとでも言うように、すらすらと話す。

「確率で言えば多分一パーセント以下だけど、致死性の事故の可能性が一パーセント近いってのはちょっと焦《あせ》る数字だね。そんなわけで、悠長にしてられない」

ぼくは辛うじて、事故、と鸚鵡《おうむ》返しに言うことができただけ。

「キミのいまの話のどこに嘘があるかは、一言で言えるよ。だけど、それがどういう意味なのかは、ちょっと長くなるかな」

思わず、いま自分が話したことを思い返した。そんな、たちまち見抜けるような嘘が、ぼくの話に混じっていただろうか？

しかし、とにかく。

「よくわからんが……」

無意識に、ぼくは半歩踏み出していた。

「ノゾミが危ないなら、こんなところにいる場合じゃないだろう！」

理不尽にも別世界に飛ばされてきたぼくにとって、この東尋坊は元の世界への手がかりがあるかもしれない唯一《ゆいいつ》の場所だ。見た感じ何も変わったことはないけれど、まだ何も調べるようなことはしていない。それに、飛ばされてからはや三日。手がかりがあるとしても、いつまでもそれが残っているとは限らない。三日目でも遅すぎたくらいかもしれないのだ。加えて……。これが一番重要な点かもしれないが、いま金沢に帰れば、もういちど東尋坊までくる金はぼくにはない。借りるか稼ぐか盗むかしないと、再調査には戻ってこられない。

それらのことを、ぼくは重々承知していた。さらに、ぼくがノゾミに抱いていた感情が本質的にはどういうものであったかをサキに突きつけられ、とても受け入れられないその見方には少なからず動揺もしていた。

それでもぼくは、まったく迷わなかった。ぼくがノゾミを思うことが恋だったにせよ、別の何かだったにせよ、もう一度彼女を失うなんてことは論外だった。

が、サキはかぶりを振った。

「だから、さっきあたしが慌《あわ》てたんじゃない。で、いまは慌ててないんだから、ちゃんと考えがあるんだって」

ポケットからさっきの紙片を取り出す。時刻表のコピーだった。

「特急がいい。いま慌てても、どうせ駅で待つだけだよ」

そしてサキは、ぼくに、柔らかな微笑みを向けた。

「落ち着いて。ノゾミは絶対、大丈夫だから。……いま、教えてあげるよ。二年前のことを」

4

「キミの話には、嘘があった」

「ぼくは嘘なんて」

「キミがついたとは言ってないよ」

さっきから……。駅から乗ったバスを降りてから、ぼくはサキ以外にはひとの姿を見ていない。ただでさえ寂しい場所だろう東尋坊の遊歩道から見えるのは、どこか悪夢めいた昏《くら》い空と水平線。絶え間なく耳を打つ、波の砕ける地鳴りのような響き。一月や二月の凍《い》てついた空気に比べればまだ耐えようもあるけれど、ぼくの四肢からは着実に熱が奪われていく。けれどその寒さだけが、どこか現実的だった。サキは言う、二年前のことを教えてあげる、と。

ぼくが知っていることは、サキに話した通り。一度聞いただけで嘘があると言い切るサキは、あっけらかんとして肩をすくめた。

「ま、嘘そのものは、大したことじゃない。……キミは、陸風海風って知ってる？」

聞いたことはあった。中学校で習ったような。しかしそれがどういうものだったかはよく憶えていない。

「……単語だけは」

サキは微笑《ほほえ》んで、

「素直でよろしい。陸風海風ってのは、陸と海の熱しやすさ冷めやすさの違いから出てくる、海の近くでの風の吹き方のことね」

そうだったかもしれない。しかし、それが？

きょとんと話の続きを待っているぼくに、サキはあきれたような目を向ける。

「わかんない？」

「……何が」

「想像してみるの。目の前に、その場所があるじゃない」

サキが指さす先には、注意を促す古びた看板と、真新しい鎖の防柵《ぼうさく》。

「キミのノゾミは、ここであの鎖に腰かけた。そこに強風が吹いて、バランスを崩した。そしたら鎖が抜けて、転落した。見て。思い浮かべてみて」

見たくないし、思い浮かべたくない構図だった。サキにそう強いられて、ぼくはかえって、鎖に目をやれなくなった。いくら別世界のおとぎ話と割り切ろうとしても、そんなビジョンは想像したくない……。

短い溜息《ためいき》が、サキの口から漏れた。

「無理か。じゃあ」

ざっと足音を立て、サキは歩みだす。

崖《がけ》の方へ。

「……何を！」

思わず声を上げるぼく。歩きながらサキは平然と、

「大丈夫よ」

確かに鎖は新品だ。抜けるようなことはないだろう。しかし、ノゾミを襲ったのは突風だ。風はいまでも、激しく吹きつけている。

激しく。ぼくの顔を、正面から打ち据えている。

サキは言った。陸風海風って知ってる?

……まさか。

止めよう、止めなければと思いながら、ぼくは足を動かすことができない。とうとうサキは、ノゾミが落ちたまさにその場所の鎖に、ゆっくりと腰を下ろしていく。

じゃりん、と金属が擦れ合う音。鎖に座り、サキは足を組みさえしてみせる。

ぼくはようやく悟った。目の前で再現されて、やっとわかった。ぼくの表情を読み取ったのか、サキは小さく頷《うなず》き、さっきの言葉を繰り返した。

「陸風海風」

「……」

「夜は海の方があったかくなるから、冷たい陸から風が流れ込んでくる。昼はその逆」

風はぼくの顔を正面から打っている。日本海を渡って吹いてくる。

「落ちないって。どんな突風でも、追い風じゃ。つんのめって陸地に転がるだけだよ」

そうか、と受け入れるにはあまりに単純で、しかし決定的な指摘だった。まさか、そんな。……だがいま、現に、風はサキの背後から吹いている。ぼくは何とか、言葉を口にする。

「ノゾミが……。ノゾミがどっちに向いて座っていたかわからない。海からの風が、向かい風になったとしたら」

「こう？」

サキは海に向かって座りなおした。顔だけを後ろに向けて一言、

「想像してから言ってよね」

返す言葉もなかった。いま海から突風が吹いてくれば、サキは後ろ向きに倒れて頭を打つだろう。しかし風によって海側に倒れることは、それこそ想像もできない。

サキは鎖から離れ、海を背にすっくと立った。

「確かに、ここみたいな吹きっさらしの崖の上は、風が強いよ。だけどそれで落ちるためには、風は陸から海に向かって吹いてなきゃおかしい。

ただ、陸風海風ってのは、そんなに強烈じゃない。高気圧から低気圧に流れ込んでくる風、まあ言ってしまえば季節風を逆転させるほどの力はない。まして、陸地があんまり温められない冬の間はなおさらね」

顔を上げる。

「じゃあ」

しかしサキはぼくに人差し指を突きつけて言った。

「じゃあ、何？　キミだって金沢に住んでたんでしょ。わかるでしょ？　北陸の冬の間、風はどっちからどっちへ吹く？」

言われるままに思い出す。金沢の街で、さんざん悩まされた強風。

冬の間は……。風は、日本海を渡って大陸から吹いてくる。いま、そうであるように。二年前もそうであったように。ぼくは思い出していた。一昨日、ぼくの世界で花を手向けたあと、崖に背を向けたぼくは雲の中に太陽を見た。あれは真昼ごろだった。風は北から吹き、この崖は北に向かっている。

サキはぼくから、ふと視線を逸《そ》らせた。

「ありえないんだ。風にあおられて落ちた、なんて言い草は」

「じゃあ、嘘をついたのは、フミカか」

そう呟《つぶや》く。しかしまったく納得できなかった。どうしてフミカが、そんなことを。

「理由は……？」

「想像力が不自由なキミのために、あたしが可能性を列挙してあげよう」

サキはこぶしを突き出した。そこから、人差し指が伸びる。

「その一。本当はフミカは、ノゾミが落ちるところを見ていなかった。想像でものを言ったから、事実と食い違った」

中指が伸びる。

「その二。フミカには、ノゾミが風にあおられて落ちたことにしないと都合の悪い理由があった」

　そして、薬指。

「その三。フミカは、本当は吹いていない風を、吹いていたと頭の中で作り上げた」

「……三つとも、充分な説明になってないと思うんだが」

「ま、ね」

　あっさり認めると、サキはこぶしを引っ込めた。

「ただ、ノゾミが落ちた理由は、別に風じゃないんだよね、キミの話によると」

「え？」

「ノゾミは、風が吹いたから落ちたわけじゃない。直接の原因は、老朽化していた鎖が杭《くい》から抜けたこと。キミに話すときだってそれだけ言えばいいのに、訊《き》かれてもいないし事実でもない風の話を、わざわざ持ち出した。そこが、やたら変だよ」

　言われてみれば、その通りだ。実際、ノゾミの事故は、鎖の管理が悪かったからという理由で落ち着いたはず。

「想像してみて。どうしてフミカは、訊かれもしないのに風のことを言ったのか。あるいは、言わないといけなかったのか」

「……」

「想像だけで足りないようなら、思い出して。あたしは知らないけど、風の話を持ち出したとき、フミカはどんな様子だった？」

忘れたかった記憶だけれど、まだぼくはその場面を、鮮明に思い出すことができる。フミカの言葉が耳に蘇《よみがえ》る。

（鎖が抜けたんです。古い杭から。鎖は潮風で錆《さ》びていたそうです）

（落ちていくノゾミと目が合いました。即死でした。苦しまなかったと聞いています）

そして、ぼくは呟いた。「そんな鎖を、放っておいたのか？」と。

「フミカは……。鎖が古かったせいだけじゃない、と言ったんだ。錆びた鎖を放っておいたせいで、みたいなことをぼくが言ったら、付け足すように風のことを話してくれた。鎖のせいだけじゃなくて、急に風が吹いてそれにあおられて、そのとき鎖が抜けたんだって。

……そう言えば、風のことは何度も繰り返していたような」

もう一つ、思い出した。

「最後には、あの風のせいだ、とまで言っていたと思う」

「だろうね」

サキは腕を組み、顔をゆがめた。

「そう言いもしただろうね。……で、どう？ フミカの嘘《うそ》の理由、想像できない？」

訊いてくるけれど、サキはその答えを知っているのだ。それなら、ぼくが凡庸な頭をひねったところで、なんにもならない。口をつぐんでいると、サキは少し苦笑した。

「ま、これに関しては、あたしの方にちょっとした情報があるからね。キミが思いもよらないのも、仕方ないかもしれない。じゃあ、聞いててね。

ずばり、こう。フミカは、鎖と杭が老朽化し、危険な状態だってことを知っていた。知っていて、そこにノゾミを座らせた。そうしたら、ノゾミは死んでしまった」

「……殺した！」

反射的に叫ぶぼくに、サキはゆっくりかぶりを振る。

「そうは言わないよ。そこまでは、あたしも思ってない。……たぶん、怯《おび》えさせるつもりだったんだ。

だから、実際死なれてみると、それなりに罪悪感がある。自分が座らせたせいでノゾミが死んだ、とは思いたくない。鎖が古かったせいで死んだというんじゃ、あんまりダイレクトすぎる。自分が座らせたせいだけじゃなかったんだと、責任を転嫁《てんか》する相手がほしい。

その思いが、フミカの頭の中で、ありもしない陸からの風を吹かせたんじゃないかな」

結城フミカ……。少し変わった女の子だ、とは思っていた。昨日、追いかけられて写真を撮られ、ぼくはその思いを新たにした。けれど、それだけだ。

ぼくはあの子に対し、それ以上の強い印象を持っていない。他の誰に対してもそうであるように。だから、まったくわからなかった。

「フミカは、どうしてそんな」

その問いに、サキはあっさりと答えを出した。

「そりゃ、あいつの性根がぐにゃんぐにゃんに歪《ゆが》んでるから」

「……」

サキが訊いてくる。

「キミさ。昨日、フミカに会ったでしょ」

「……河畔公園で」

「いや、その後。多分香林坊かどっかで」

あれは犀川のほとりで、他には誰もいなかったはず。驚きの色を察したのか、サキは自分の顔の前で手を振った。

「あ、大したことじゃないから。自転車を返すとき、あたし気づいてたんだ。フミカが先まわりしてるって。物陰に隠れてたから、そっちを思いっきり睨《にら》んでやった。あいつは、あたしに用があったんじゃないことはわかってた。多分キミにアプローチするだろうなって」

「ぼくに？」

どうして。確かにフミカは、ぼくの世界でもぼくに興味を示しているようだったけれど……。

サキは少し表情を曇らせた。

「あのね。あいつの趣味は写真だよ」

「らしいな」

「でも、ただの写真じゃない」

反吐《へど》を吐くように、

「ひとの傷口を記録するのが趣味なんだ、あいつ」

「……傷口」

「昨日のキミは不幸顔全開だったからね。ネガティブオーラも立ち上ってた。こりゃフミカが見逃すわけがないと思ったよ。あいつ、あんたに何か言った？」

思い出す。昨夜、

「あなたは最高だ、って」

汚いものでも振り払うように、サキは手を振る。

「あーもう、まったく！　あたしがその場にいたら手が出てたね」

あの子が、そんな。

いくらサキの言うこととはいえ、受け入れてしまうにはあまりに思いがけない。信じない理由はないけれど、信じられるわけでもない。ぼくの目には、結城フミカは多少風変わりではあっても、そんな人間だとは映らなかった。

デニムパンツに包まれた自分の右足を、サキは撫《な》でた。

「あのさ。あたしが交通事故で死にかけたことは話したでしょ」

「自転車で？」

「そ。ばっくり開放骨折。で、さ。来たんだよね、フミカ」

知ってか知らずか、サキはしかめ面《つら》になっている。

「そのときだよ。あたしがあいつの性根を疑い出したのは。フミカから見れば、あたしは従姉《いとこ》の先輩だよ？　ほとんど縁もゆかりもなかったし、顔を見たことはあるけどその程度の間柄だった。それをさ、わざわざ見舞いに来て。

最初は、丁寧ないい子なんだなって思わなくもなかったよ。でも、『痛いですか』『痛かったですか』って何度も訊く、あの目のぎらつき！ ギプスで動かないあたしの足を、気持ち悪いぐらいうっとり見てるのね。何だこりゃって思ったよ。

そして、あれであたしの目を盗んだつもりかね。きっちり、盗撮していったよ」

「……」

「それから、あたしはあの子の行動を警戒するようになった。するとね。あの子が来るのは、ノゾミの家で何かあったときだったの。ノゾミのお母さんが実家に帰ったときはすごかったね。『つらい？ ねえねえつらい？』と言わんばかりの擦り寄りよう」

……ノゾミの葬儀の後、フミカとぼくは大した知り合いでもなかったのに、耳を塞《ふさ》ぎたがっているぼくをわざわざ訪れて、ノゾミの死の様子を微に入り細を穿《うが》って教えてくれた。思えばあのとき、フミカは殊更《ことさら》にノゾミの名前を繰り返し、ぼくに聞かせていたような気もする。

「でも、ノゾミはもう、つらそうな顔はしなかった。笑顔で、大丈夫だよ、と言っていた。あたしを真似《まね》して、オプティミストになっていた」

ぼくの側でも、ノゾミはつらそうな顔はしなかったはずだ。表情を動かさず、別に、と言ったはずず。ノゾミは、「何でもないひと」だったから。

「あいつはそれが気に入らなかったみたい。拍子抜けしたようで、いくら食い下がっても、しれっとした顔で天然キャラ装《よそお》って傷口に塩を塗りこむようなことを言っても、一向にノゾミは傷つかなかったから。

その後だよ。あいつがノゾミに、東尋坊旅行を持ち出したのは」

タイミング的には、そうか。確かにそうなる。

「あたし、こいつは何か企《たくら》んでると思った。二人きりになって、ノゾミの不幸顔を何が何でも見ようとしてるんだな、って。だから、ノゾミに誘われたとき、一緒に行くと決めたんだ。……ねえ」

少しずつヒートアップしていたサキの口ぶりが、一転して静かなものに変わる。

「フミカがどうして訊かれもしない風の話をしたのか、あたしに心あたりがあるって言ったよね。

土曜日に泊まった旅館で……。部屋の机の上に置いてあった注意書き、まあ非常口の場所とか近くの観光施設の案内とかだったけど、そういうチラシをフミカが真っ先に捨てたんだ。何かあるなとピンと来たから、あたし後でこっそり、宿のひとに同じものを見せてもらった。そこに、なんて書いてあったと思う?」

ぼくにも、大体察せられた。

「鎖が……。古くなってるから」

サキは小さく頷《うなず》く。

「近寄らないように。

なのに、次の日。注意書きを握りつぶしたフミカはあたしたちを遊歩道に誘って、ここで言ったんだよ。『写真を撮るから、ノゾミちゃんそっちに立って』。そしてね、いかにも自然に『えっと、じゃあ、鎖に座ってくれる？』」

ぞくりとした。

ひどく落ち着いた、大人びた声でサキは言った。

「あたしが止めたんだ」

「あたしとしても、フミカがどこまでやるつもりだったのかはわかんなかった。ノゾミを危ない目に遭わせて、怯えた顔を見れば満足なのかな、ぐらいに思ってたよ。だけど、キミの話だと、ノゾミは死んだっていう。フミカがそこまでいかれてるんなら、あたしもちょっと考え直さなきゃいけないことがあってね。それで、金沢に戻らなきゃいけない」

そう。さっきサキは、ノゾミに事故が起きると言っていた。

「……結城フミカが、ノゾミに、また何か？」

サキは大仰に肩をすくめた。

「言ったでしょ。あたし、フミカを見ると警戒警報がガンガン鳴るの。昨日会ったとき、まさかと思うことはあったの。だけど、まあ、さすがに考えすぎかなって思ってスルーしたんだけど。

……『フミカのいたずらがノゾミを殺した事実』なんてものを示されたんじゃや、油断はできないからね。やらないと後悔するかもしれないことをやらないのは、あたしの性分じゃないんだ」

それは、ぼくの性分でもない。やれといわれたことをやり結果を受け入れるぼくは、あまり後悔ということをしない。……しなかった。

「具体的には」

素っ気ない答えが返ってきた。

「ん。調べてから教えるよ」

二年間。二年間、ぼくはフミカに騙《だま》されていたことになる。ようやく弔いに来られるぐらいになったのに、いまになってノゾミを死なせたのはフミカだったと言われても、ぼくは何をどう思えばいいのかわからなかった。自分の話でもあるはずなのに、まるでそれこそ、おとぎ話を聞いているような。

怒るべきなのだろうか？　恨むべきなのだろうか？　許すべき……、いや、そもそもぼくは、フミカを許せなく思っているのか？

わからない。サキの言ったことが真実なのか。ぼくがそれをどう思っているのか。

そしてまた、

「あんたの見立てが当たってるとして……。どうしてフミカは、そんな趣味になったんだ」

「そんなの」

サキはあからさまに鼻白んだ。

「知ったこっちゃないって」

「……」

「想像する気にもならないね。あたしの知る限りじゃ、フミカの家はそこそこ裕福で、フミカは一人娘として大事に大事に育てられてるんだってさ。フツーだよ、フツー。……ま、強いて言えば、だからこそひとの不幸に興味があるのかも知れないけどさ。だからってあれは異常。知ったこっちゃない、が正解」

自分から訊いたことだけど、そうだろうな、と思った。環境から性格を説明しようとするのは不毛だと、ぼくは知っているはずだ。だってほら、ぼくとサキは、人生の大部分をほとんど同じ家庭環境で育ったのだから。

「それでさ」

と言いかけて、サキは急に言いよどんだ。

「……あー」

「どうした？」

「ん。もうちょっと言おうかって思ったけど、やめた。これ以上は、普通にやらしいわ」

意外だった。ぼくはぼくの心がわからないけれど、サキがいまフミカに怒っていることは明らかだと思っていた。それなのに、サキが自分から口を閉じるなんて。

「やらしいって、本当のことなんだろう」

「そりゃあね」

サキは苦笑した。

「本当かどうかってのは知らないけどさ。だけど、あたしもほら、そんなに自意識ないほうじゃないからさ。きっちりブレーキかけてかないと、つい、やりすぎちゃうんだよ」

「やりすぎ？」

「うん」

小さく頷いてかすかに苦笑を浮かべ、

「あれだ。自分のコンプレックスを他人に投影してこき下ろして胸すっきり、ひとを罵《のの》ることだけ一人前、みたいな。フミカも最悪だけど、これも一種の最悪だよね。あたしはフミカのくっだらないいたずらを止められればいいんであって、あいつをいまキミの前でこき下ろしたってしょうもないよ。やらしいだけだ」

サキはぱんと手を打った。これ以上は話す気はない、という意思表示だろう。

「そろそろ、行こうか」

ぼくは頷いた。こちらのフミカがいま何をしようとしているのかは知らないけれど、ここで立ちつくしていることに不安を感じ始めていたところだった。

不意にぼくは、自分がこれまでいかに冷たい風にさらされていたのか思い出した。話している間は寒さも忘れていたのに。

サキも同じことを思ったらしい。不意に、しみじみと、

「あ……。あったかいもの、飲みたいな」

と呟《つぶや》いた。

そして、わざとらしく明るい口調に変じて言う。

「なんか別の話ない？　あたしふるえちゃって、黙って歩くのがちょっとつらいよ」

別の話と言われても、特に話したいことはない。ただ、黙っていたくないのはぼくも同じだった。黙っていると、考えなければならないことが多すぎて。ぼくの耳元に、サキが顔を寄せてきた。

「あの、さ。ずっと気になってたんだけど」

「……何が」

「キミ」

人の悪い笑みが、その顔に浮かぶ。

「ノゾミとやったの？」

息が詰まった。

うまい言葉が出てこずに、ようやく言ったのがよりによって、

「何を」

の一言。当然ながら、サキに指つきつけられて笑われた。

「わー、カマトトー、カマトトー」

俯《うつむ》いてしまう。汚れたスニーカーの爪先《つまさき》を眺めるはめになる。

「ままま、そんな照れずに。キミとあたしの仲じゃない」

大した仲じゃない。会って三日目だ。

サキの言葉は殊更低く、こそこそ話のようで、かえって言いにくくなる。

「……知らないよ」

では、突っぱねるにしても弱々しすぎたか。

「いやー、ほら、かわいい後輩の話だからねー。知らないで済ますわけにはいかないねー」

意地悪く責め立てるサキ。金沢までの残り時間、ぼくはきっとそれを、はぐらかし続けられないだろう。

まあ、いいか。無理に秘密めかすことはない。なにせ……。

「やってないよ」

やってないのだから。

「またまたー。顔赤くしちゃって。このあたしに、そんな嘘《うそ》は通りませんよ?」

ぼくの顔が赤いかどうかは知らないが、他にひとがいないとはいえ顔色一つ変えずにそんな話題を持ち出すあんたはなんなんだ。デリカシーはどこにお忘れだ。

嵩《かさ》にかかっているサキに、ぼくの言い方はどんどんぶっきらぼうになる。

「嘘じゃない」

「えー？」

わざとらしく、サキはちょこんと小首を傾《かし》げてみせる。

「それがほんとだったら、あたし男ってイキモノのこと考え直しちゃうなー」

……考え直せばいい。どうせサキはぼくのことを知っているのだから、隠すこともない。

ぼくは視線を、爪先から松林の先に移す。

「そりゃ、そういう雰囲気になったことはあった」

「ふんふん」

「だけど」

少し考えた。

「気持ち悪くて」

「気持ち悪い？」

怪訝《けげん》そうなサキの声。ぼくは小さく頷き、

「気持ち悪くて、結局、ぼくはノゾミの、手も握っていないんだ」

何か冗談めかした言葉が飛んでくることを、ぼくは覚悟していた。

しかし、僅《わず》かな沈黙の後でサキが言ったのは、

「……家のこと?」

という一言だった。

それで充分だった。本当に勘がいいというか読みが深いというか、どうしてサキはこれほどまでにわかってしまうんだろう。なぜぼくには、その力の十分の一でも備わっていないのだろう。

ぼくは結局、自分がノゾミに触ることもできなかった理由を、両親のこと以外に求めることはできなかった。気持ち悪いというより、怖かったのだと思う。真面目《まじめ》一徹からでろんと鼻の下を伸ばした顔に一転する父や、いそいそと化粧に念を入れて小鼻を膨らませている母と、同じ顔になるのが。

ぼくとノゾミの関係は、生々しいところのない、かといって清いものでもない、言わばズレたものだったと思う。それを現実的なものに引き下ろす手段があったとするなら、それはきっと、手を握り、キスをすることだった。

ぼくだって「男ってイキモノ」なので、衝動はあった。肉体への嫌悪《けんお》感《かん》も、やがて乗り越えられたんだと思う。

だけど。

「気持ち悪いと思ってるうちに、死なれたから」

サキは溜息《ためいき》をついた。

「……バカだね、キミ」

「わかってるよ」

「って言うか、ガキだね、キミ」

「わかってる」

もしぼくの世界で、ぼくが悔いていることがあったとすれば、それはノゾミが死んでしまったことではなく、死んでしまう前に彼女を抱きしめることさえしなかったという点に尽きる。そうしておけば、バカはどうしようもなくても、せめてガキは直ったかもしれない。

いまはちゃんと、別のことも悔いている。

海鳴りに聴覚を揺さぶられ続けて、ぼくはふと、目が眩《くら》むような気がした。

第四章　緑の目

1

金沢駅はすっかり昼だった。駅前のロータリーには数台のバスが待機し、道路は行き交う車でひどく混みあっていた。

結城フミカが、ノゾミに対していたずらをしかけている。命の危険さえあるようなサキの見解は、到底、捨てておけるものではなかった。しかしサキはフミカの具体的な手段を言おうとせず、ぼくの貧弱な脳味噌《のうみそ》はその可能性を推測することもできない。できることといえば、とりあえずサキの後をついてまわるぐらいだ。ついてまわるのに必要な金、具体的には特急料金は、サキが出してくれた。心底情けないが、そうしてもらわなければぼくは特急には乗れなかった。

さて帰ってきたけれど。

「それで、どうする」

「どうするって」

何を言ってるのかと言わんばかりに、サキはぼくに向かって目を丸くする。

「家に帰るに決まってるじゃん」

決まってるのか？

「ノゾミのことは」

ぴっ、と小さいモーションで人差し指を向けられた。

「想像力」

「……」

「あたしはノゾミのところに行く。さて、いま、ノゾミはどこにいるでしょう」

そんなこと知るもんか、と言いかけて、今日が平日であることを思い出す。サキはサボってるだけなのだ。

「そうか、学校に」

手を腰に当て、サキは満足げに頷《うなず》いた。

「そ。いくらあたしでも、私服で高校に乗り込むわけにはね」

そんなことを言っている場合なのか。ノゾミの身が危ないなら、私服だろうがなんだろうがとにかく行くべきじゃないのか。

ひどい結末を暗示しながら、サキにはいまいち危機感がない。浮き足立てばいいというものでもないだろうけれど……。ぼくは少なからず苛立《いらだ》つが、サキが読んでいるフミカの計画を知らないので、強くは出られない。幸い、ぼくの様子を読み取ってくれたのか、サキはなだめるように言ってくれた。

「安心しなって。下校時刻までは、何も起こらない。まだ充分間に合うよ」

サキがそう言うなら、そうなのだろうけど。

「……で、ぼくは何ができる？」

「え？」

ぼくの呟《つぶや》きに、サキは不思議な生き物を見るような目になる。

「いや、何もしてもらうことはないけど」

「そうか」

「といって、放り出すわけにもいかないか。そうだなぁ」

宙を睨《にら》んで、

「キミも一旦《いったん》、家においでよ。誰もいないしさ。戻ってきて、結果を教えてあげる。

それまで、あたしの家でのんびり待ってるといいよ」

　家、か。

　まったくどうしようもない話で、ぼくの抱える諸問題はほとんどが家に起因しているにもかかわらず、やっぱりそう言われると、帰りたくなってしまうのだ。

「じゃあ、そうさせてもらおうかな」

　素直な返事に微笑《ほほえ》んだサキだが、ぼくが歩き出すのを見ると、ちょっと慌《あわ》てた声を上げた。

「ちょ、ちょっとどこ行くの」

「家」

「どうやって」

「……歩いて」

　まあ、一時間半ほどか。

「歩いてって……。あ、そっか」

　サキはベリーショートの髪を掻《か》いた。

「すっからかんなのか」

　そんなことはない。特急料金を出してもらったおかげで、缶コーヒーぐらいは買える。

溜息をつくと、サキはぼくのウインドブレーカーを引っ張った。

「歩いてたら日が暮れちゃうよ。原付で行くよ」

そうしてサキがぼくを引っ張っていったのは、駅のすぐ近く、ホテルの裏手の細い路地。こんなところに何があるのかと思ったら、駐輪場があった。薄汚れた、錆《さび》の浮いたような古い自転車ばかりが並ぶ中、一際《ひときわ》目立つのがオレンジ色のスクーター。サキはデニムパンツのポケットから鍵《かぎ》を出すと、手際よくU字ロックを外し、メットインからオレンジのヘルメットと黒い薄手のウインドブレーカー、ダークブラウンの手袋を取り出した。

「さ」

「さ、って」

「後ろに乗る!」

そう強いられるけれど。こちらでは原付は二人乗りが許されるのか？　いや、そんなはずはない。思わずしり込みする。

「二人乗りは……」

委細構わずヘルメットをかぶり、ウインドブレーカーを着込んで手袋をつけ、シートに跨《また》り、キーを差し込んだところでサキが言った。

「キミも最後まで見届けたいでしょ。ここに置いておくのも後味悪いし、第一不義理だしね。あたしの後ろに乗るか、でなかったらあたしからお金を借りて、バスで行くかだね。あたしはどっちでもいいけど……。どっちかって言うと二人乗りを選ぶんじゃないかな、キミは」

何とも言いがたい気分だ。その通り。さらに金を借りるか、それとも違法の二人乗りをするかと言われれば、ぼくは確かに二人乗りを選ぶ。その通りなのだが……。やめた。考えるのをやめて、サキに従おう。黙って、スクーターの荷物置きに跨った。

「全部裏道で行くけどね。捕まらなかったらお慰み、っと」

そう冗談めかすと、サキは胸の前で、大袈裟《おおげさ》なモーションで十字を切る。

「ほら。しっかりつかまって」

言われるがままに、サキの腹に手をまわす。振り落とされるのは嫌なので、体を寄せる。

「さ、行くよ!」

一声上げると、オレンジのスクーターは真昼の金沢に走り出す。

冬は自転車でも痺《しび》れるぐらいに寒いのに、スクーターでの風当たりの強さというのはぼくの想像を超えていた。ぼくは素手でサキの腹に手をまわしていたのだけれど、その指先がたちまち凍りつくようで、ぼくはたまらず「降ろしてくれ」と叫びそうになった。歯を食いしばって耐えたのは、それが何となく、ノゾミのためにしてやれる苦行のような気がしたからだ。もちろんぼくはわかっていた。そんなのは気のせいだ。

あまりの寒さに体が縮こまり、意識せずにサキを強く抱くようになる。ウインドブレーカー越しにもひとの体は温かく、そして柔らかかった。

途中、どうしても大きな交差点を跨がなければならなかった。サキはいったんぼくを降ろし、歩いて交差点を越えさせた。歩行者用の信号を待つ間、ぼくは手をしきりにさすって暖めた。風をまともに受けた両手は、腫《は》れたのかと思うほど真っ赤になっていた。

人目につかないところで、もう一度乗りなおす。サキはスクーターを、川沿いの裏道へと走らせる。

サキにしがみついている気分というのは、とても複雑なものだった。

できれば距離を取りたい相手に、やむを得ずぴたりとくっついている。全然そんなつもりじゃなかったのに、いつの間にか甘えている。……しかもそれでいて、あまり引け目も感じない。

なるほど。

家族のようだ。

それにしても寒い。歯の根が合わなくなってきた。冷気が目に染《し》みて涙が浮かんできたけれど、二人乗りの重心の取り方にサキが慣れてきたのかスクーターの速度はいや増して、ぼくは手を離すことができなかった。

2

真っ昼間に堂々と交通違反をしてきたけれど、運よく誰にも見咎《みとが》められることなく、サキのスクーターは嵯峨野家に辿《たど》り着いた。ぼくは腕時計を見た。学校ではちょうど、昼休みが終わったぐらいだろう。サキは下校時刻までは何も起こらないと言っていた。となれば焦《あせ》る必要はないのかもしれないが、メットインにしまうウインドブレーカーを丁寧に畳んでいるサキを見ると、そんな場合かと怒鳴りたくなってしまう。

U字ロックまでかけてから、サキは立ち上がって苦笑いした。

「キミ、必死でしがみつきすぎ」

「……」

「ちょっと苦しかったよ」

お詫《わ》びの言葉もない。わざとじゃないのだが。

ただ、お詫びの言葉が出ないのにはちゃんとした理由もあった。ぼくの顔色を見て、サキは少し眉《まゆ》をひそめる。

「もしかして……。寒かった？」

頷く。

防寒着の厚さは、ぼくとサキとではあまり変わらない。それなのにぼくだけこうも体の芯《しん》から冷えているというのは……。まずいかもしれない。東尋坊で風に吹かれ続けたのが悪かったか。まともに寝ていないせいか。風邪でも引くのかもしれない。この状況で病気なんかにかかったら、目も当てられない。

「大丈夫？」

「……多分」

「なんか飲む？」

訊《き》きながら、サキはキーホルダーについた鍵束から家の鍵を選び出す。

ぼくも家の鍵は持っているが、この鍵はこの家の錠前には合わない。二日前は何事かと思ったけれど、いまならわかる。多分、もともとはサキの側もぼくの側も、鍵は同じだったはずだ。ところがぼくの側で以前、兄がちょっとやんちゃして、ドアを破壊してしまったことがあった。そういえばそのときに、鍵を交換していたのだった。

ドアが開かれ、

「ま、どうぞ」

ぼくはぼくのものではないぼくの家に招かれる。

リビングに入ると、サキはまずエアコンを入れた。ほどなく吹きだしてくる温風に、ぼくは真正面から身を晒《さら》す。壁掛け時計を見て、サキが呟いた。

「そっか。もう、お昼の時間か」

そして少し考え、

「あたしは食べてる暇ないな。でもキミには、あったかいものを用意してあげる」

ぼくは自分の腹に手を当てた。昨夜から口に入れたものといえば、サキが朝に買ってくれたビーフジャーキーだけだ。しかし、あまり腹が減ったという気もしない。いま食べ物を用意されて、喉《のど》を通るのかもよくわからない。そんなことよりも、ノゾミの方が気になる。

「……ぼくも、学校に行く」

しかし、

「意味ないからやめなって。素直に待ってなさい」

と一言の下に却下されてしまう。

「ただ座ってろっていうのか」

「いや、立っててもいいけど。どうせキミ、学校に入れないじゃない。校門で立ってるか、家で座ってるかの違いだよ」

そこまで言われては、行くと言ってもただの駄々だ。どうやらここは、サキに任せるしかない。ここも、か。

「パスタでいいでしょ。すぐ作るからね」

返事も待たずに手際よく、キッチンに向かいサキは鍋《なべ》に湯を張った。火にかけると、

「沸くまでには下りてくるから」

とリビングを出て行く。とんとんと階段を上る足音がした。階段を上って右の部屋、ぼくの側ではぼくの部屋が、こちらではサキの部屋だという。

湯沸かし器で半ば沸かされた湯は、サキが戻るよりもずっと早くに湯気を立て始める。パスタがキッチンのどこにあるか、おおよその見当はつくけれど、客であるぼく

は分をわきまえることにした。

　下りてきたサキは、セーラー服に身を包んでいた。ファーベストだのブラックデニムだのの格好ばかり見ていたからか、サキの制服姿はひどく似合わないものに見えた。その学校の制服ならセーラー服にはネクタイを結ぶのが作法のはずだけど、サキはネクタイをしていない。急いでいるからか、普段からそうなのか。鍋から盛んに湯気が出ているのを見て、

「ちょ、ちょっと火ぐらい止めてよ！」

と慌ててキッチンに駆け込む。

　パスタを作るというから料理をはじめるのかと思ったら、サキの言う「作る」とは単にレトルトのパスタソースを温めることだけだったらしい。フィットチーネを湯に放り込み、ついでにカルボナーラのレトルトパックも鍋に入れると、サキは携帯電話を取り出した。ぼくを蚊帳《かや》の外に置くことを気遣っているのか、メールを打ちながら教えてくれる。

「いまからだと、ノゾミに会えるのは五時間目の後だからね。約束しとかないと」

　なるほど。

　ぼくはソファーを立つ。

「ちょっとトイレを借りるよ」

「あ、うん。場所は、わかる？」

苦笑して、

「わかるよ」

用を足して戻ると、ガラステーブルにはスパゲッティカルボナーラがでんと置かれていた。これはぼくの側では見ない大皿に、何の工夫もなくどちゃっと盛りつけてある。見た目はともかく、温かそうだ。サキがフォークも持ってきてくれた。

「はい」

「あ、ありがとう……」

通学用だろうか、黒いハーフコートをひっかけながら、サキは口早に言った。

「じゃ、あたし行くから。お母さんが多分四時ぐらいにはパートから戻ってくるはずだから、それまでにあたしが戻らなかったら適当に避難しといて。なんだったら、兄貴の部屋に隠れててもいいよ。まあ、まずそれまでには戻ってくると思うけど」

わかった、と答えようとしたところで。

玄関のドアが開く音がした。

ぼくはぎょっとした。多分サキもそうだったのだろう、あからさまに動揺して背後を振り返っている。

「な、なんで?」

サキがそう呟いている間にも、玄関から足音が近づいてくる。そして、野太い声が。

「おおっ、誰かいるのか?」

と。逃げ隠れする暇はなかった。たちまちリビングに現れたのは、少し太めで足の短い男。

……まあ、大体、パターンは読めていた。サキの世界とぼくの世界での間違い探し。ぼくはどこかで薄々、どうせそうなんだろうなと思っていたのだ。別に驚きはしなかった。

ただ、本当に、生きていても死んでいても、サキの世界でもぼくの世界でも、嫌がらせのように間の悪いやつだ。フォークを片手にしたぼくと身支度を整えたサキとを順々に見やって、

「誰だコイツ」

とサキに訊いたのは、ぼくの兄、嵯峨野ハジメだった。

ああ間が悪い、とサキが呟《つぶや》くのをぼくは聞いた。サキにも、間の悪いやつと思われ

ているんだろうか。戸惑ったのは一瞬、サキはたちまち毅然《きぜん》とした姿勢を取り戻した。

「何で兄さんが帰ってくるのよ！」

兄はいきなり激しい言葉を投げつけられ、たじろいだ。

「自分の家に帰ってきて悪いかよ」

「タイミングってもんがあるでしょうがっ」

「なんかまずいことでもしてたのか？」

我に返ったのか、兄はそう言ってやけにいやらしい笑みを浮かべた。

思えば、ぼくの側では長く意識不明で、二日前にとうとう世を去った兄だ。生きて喋《しゃべ》っている姿をもう見ることはなかったはずというのは、ノゾミと同じ。なら、ぼくの側にもう少し、温かな感動といったものがあっても良さそうなものだった。

しかしそんなものは、あったとしても吹き飛んだ。鬱陶《うっとう》しくも品のない、その笑い顔と言葉によって。兄は肩をすくめ、

「今日の午後と明日の二コマ休講になったから、残りも自主休講にしただけだ。大学生は高校生と違って、いろいろ融通が利《き》くんだよ」

「帰ってきた理由になってないじゃない」

「こっちのダチと飲むんだよ、うるせえな」

兄は妙に威張りくさってサキに言い放つ。

「それよりお前こそ、学校はどうした」

「行くわよ、いまから」

「で」

フォークをカルボナーラに差したまま、兄とサキを見上げて動けないでいるぼくに一瞥《いちべつ》をくれ、

「誰なんだよコイツ」

サキは溜息《ためいき》をつき、ベリーショートの頭を掻《か》いた。そして一息に、

「この子はノゾミの横浜の昔の恋人。知ってるでしょ、諏訪ノゾミ。横浜から引っ越してきた子。ノゾミの横浜のときの恋人で、わけあってこの土日こっちに来てたの。列車を逃がして日曜日のうちに帰れなかったって言うから、ノゾミに頼まれてお昼だけでも世話してあげてたの！」

その物語、いま頭を掻く間に作り上げたのか？　なるほど、想像力がご自慢なだけはある。ぼくは何とか、サキに話を合わせることができた。

「すいません、嵯峨野さんには迷惑かけて。……お兄さんですか？」

お兄さんですか、とは我ながら白々しい。どこからどう見ても嵯峨野ハジメ。ただ

し、ぼくが最後に見た姿よりもさらにひとまわり太めのようだが。

サキが提示したストーリーではどうしてサキが学校を休んでまでぼくの世話をしているのか説明がつかないと思うのだが、兄の素朴な脳味噌《のうみそ》はその疑問に気づかなかったらしい。ああそうか、などと呟くと、ぼくに儀礼的な笑みを向けさえした。

「それは遠くからお疲れさん。昼飯がサキの手作りとは気の毒だな」

レトルトに手作りもクソもあるものか。しかしぼくも、上辺を取り繕う。

「ご馳走《ちそう》になってます」

サキはぼくを見やり、兄を睨《にら》み、それから壁掛け時計に目をやった。そしてもう一度、ぼくと視線を合わせる。物問いたげな目を、ハジメと二人きりでも大丈夫かという意味に捉《とら》えた。正直言って願い下げだが、ここでサキの足止めをする気にはならない。どういう理屈か知らないけれど、サキはノゾミの事故を防ごうとしている。その邪魔だけはしない。ぼくは小さく頷《うなず》いた。

ぼくの仕草を確認すると、サキは声を張り上げた。

「じゃ、あたし学校に行くから。リョウくん、ごゆっくりね!」

そしてサキが駆け出していき、リビングには兄とぼくが残される。折角のカルボナーラが冷めてしまうのが惜しくて、ぼくは兄の目を気にしながらも、パスタをフォークに巻きつける。それにしても、つくづく間の悪いことだ。もしサキがぼくにカルボナーラを振る舞ってくれなかったら、ぼくはそ知らぬ顔してこの家を出て行くことができたのに。目の前に昼食を用意されてしまったおかげで、これを何とかするまではリビングからすら出られない。

兄は、妙に皮肉めいた笑いを浮かべた。

「相変わらず騒がしいやつだ」

ぼくは黙って、フォークを口に運ぶ。

それにしても、よくもこれほど何もかもが違うものだ。兄まで無事とは恐れ入るしかない。

ぼくの側では、嵯峨野ハジメはまあ一言で言って、平凡の果てに自爆した。ヒサンな家庭環境の犠牲者である俺、というキャラクターに全身で酔いしれて、それを埋めるために純愛めいたことに手を出した。しかし天性の凡庸っぷりからそれも破綻《はたん》し、今度は心機一転受験勉強に打ち込んで、それもまた失敗した。

兄の垂れ流した名言の中でナンバーワンに輝くのはなんと言っても「大人なんて信じられねえ」だが、それに匹敵するぐらいおいしいセリフを、彼は受験に失敗したときに吐いた。なんと「俺はやればできるんだよ」だ。他人から無意味な励ましとして向けられるならまだしも、自分で言ってしまうところが素晴らしい。それも、何度も何度もぶつぶつぶつぶつ呟くのだ。兄の強烈なみっともなさ、そして狙《ねら》ってやっているのかと思えるほどの没個性っぷりは、ぼくに深い印象を与えた。

兄の自己憐憫《れんびん》も、家族と恋人と受験に限られた世界の狭さも、平々凡々でありながら根拠もなく高いプライドのありようでさえもあまりにステレオタイプ的に思われて、ぼくは兄の姿を見るたびに内心でこき下ろしていた。それはノゾミを失ってからほとんど唯一《ゆいいつ》、ぼくの気が休まる時間だったと言っていいだろう。

そして、兄は浪人の間に、やるだろうなと思ったことをやった。「自分探しの旅」だ。

母から充分な資金を得て、兄は旅立ち、そして戻ってこなかった。

何のことはない。金沢を出てほんの二時間ほど、国道八号線で単独事故を起こして、それ以降意識が戻らなかったのだ。もちろんぼくとて、最初は兄を哀れんだ。が、回復の見込みもないまま二ヶ月三ヶ月と過ぎていくと、もういいだろうという気になっていったのだ。日に日に深まる「まあ、兄のことはいいか」という思いに、ぼくは暗い喜びと、薄ら寒さを感じていた。ただぼくが思うにこの認識は、嵯峨野家では珍しく、ぼくと父と母とで共有できていたと思う。

……いつからだろう。兄を蔑《さげす》むことを止められなくなったのは。嫌いというわけではなかったはずなのに。

目の前の兄は、平和そうにへらへらしている。ぼくと兄とはきっと、長い年月をかけて軽蔑《けいべつ》を培《つちか》ってきたのであって、いまが初対面のこの嵯峨野ハジメとは何のいさかいもないはずだ。しかしそれでも割り切れない気持ちは、仕方がないと思う。

レトルトのカルボナーラはうまいでもなくまずいでもなく、ぼくは淡々とフォークに巻きつけては口に運ぶ作業を繰り返す。

「うまそうだな」

そんなおざなりなことを言い、兄はカーペットにあぐらを組んで座った。リモコンに手を伸ばすと、テレビをつける。ザッピングを繰り返し、芸人の高笑いが聞こえてきたチャンネルでリモコンを置いた。そしてそちらは見もせずに、といってぼくと正面から目を合わせるわけでもない中途半端《はんぱ》な視線で、

「……どこかで会ったことないか」

と訊いてきた。客らしい丁寧さで答える。

「いえ。ないと思いますよ」

「そうかな。どっかで見たことあるんだよな。……誰か、芸能人に似てるって言われることと、あるか？」

ぼくは薄く笑った。

「いえ。別に」

兄は腕を組み、愛想笑いを浮かべながら首を捻《ひね》った。

「誰だろうな。すっげえ、見たことあるよ。誰かに似てる」

それはきっと、母方の祖父のことだろう。ぼくは血縁者の中では、母方の祖父に一番よく似ている。また、兄弟なので、兄と似ているといわれることもあった。しかし自分ではそうは思わない。多分いま、兄に「似てるのはあなた自身にですよ」と言ったところで納得はしないだろう。

淡々とパスタを食べているぼくは、どう見ても話に乗っているふうではなかったと思うが、兄はそれで会話の糸口を見つけたつもりらしい。あぐらのまま少し身を乗り出してくる。

「横浜から来たんだろ？　遠いよなあ」

「遠いですね」

「オレ、横浜行ったことあるんだ」

ぼくの側の兄は、多分なかっただろう。少しだけ興味を引かれる。同時に、ぼくは行ったことがないので、嘘《うそ》がばれないか警戒もする。

「そうなんですか」

兄の口ぶりに、少し自慢げな色が混じる。聞きなれたものだ。

「ヨコゴク受けようと思ってさ。オープンキャンパスに行ったんだ」

ヨコゴクとは何のことだろうと戸惑った。それ何ですかと訊《き》くわけにもいかない。ただ、オープンキャンパスという言葉から、大体わかった。横浜国立大学だろう。

兄はプライドが高いので、受験先も実力以上の大学を好んで選んだ。金沢でも別に一番というわけではない高校で、しかもトップクラスからは程遠い成績で、東大だの京大だのアホかと思っていた。

こちらの兄の現実認識は、それよりはマシらしい。が、結局受けなかった大学の名前を、初対面の人間に聞かせてどうするのか。

「いい街だったでしょう」

と当たり障《さわ》りのないことを言っておくと、

「うーん、遊びに行ったわけじゃないからな」

嬉《うれ》しそうに返ってきた。テレビからはまた高笑いが聞こえてくる。ぼくはパスタを口に運ぶ。

沈黙を恐れるように、兄は言葉を続ける。

「で、わざわざ横浜から、昔の彼女に会いに来たのか」

諏訪ノゾミが金沢に来たのは中学一年の時なので、「昔」というのは小学生の頃の話になる。どこのどいつが小学校時代の恋あるいはそれっぽいもののために日本列島を横断してくるのかと思うけれど、兄はそのおかしさに気づかない。多分、妹の友人なんていう存在に、本当には興味がないのだろう。

兄の顔に、下卑たようにも見える笑みが浮かんでいる。

「遠くから大変だな。やっぱりあれか？　ヨリを戻しに来たのか？」

特に何の感慨もなく兄の方に顔を向ける。その無表情をどう解釈したものか、兄は笑って手を振った。

「いや、いい！　言わなくていいぞ。悪いな、訊くようなことじゃなかったな」

気のせいか、舌なめずりが見えたようだった。

「まあ、オレもな。いいツレがいたわけよ。別れたけどな。だからお前の気持ちもわかるつもりだ。ただオレの場合、あれもいい経験だったと思うわけよ。少しはオトナになれたかな、なんて思うね。大体、普通に暮らしてる分には未練ってあんま感じねえだろ？　そこんとこいくとオレなんか」

ぼくは心の中で耳を塞《ふさ》いだ。見境なく始まった兄のお話はどうせその辺で一山いくらで売っているようなシロモノに決まっているし、そんなものを聞いていて折角サキが温めてくれたパスタが冷めてしまうのも勿体《もったい》ない話だからだ。もちろんぼくは客なので、客らしくしかつめらしい顔で頷いてやりはするけれど、実は完全に聞き流している。そして兄の滔々《とうとう》とした「オレ恋愛論」は、思ったとおりぼくの耳に一言も引っかかることなく、右の耳から左の耳へと流れ出ていく。

「……別れる時は男の方が潔《いさぎよ》くて、別れた後は女の方がすぐ忘れるって言うけどな、実際オレの場合も……」

パスタを食べる。これを平らげれば、ぼくはこの場を離れられる。

兄は「聞いてるのか？」とは訊いてこなかった。受け入れることが得意なぼくは、聞いているふりももちろん得意だ。初対面の相手に人見知りもせずべらべらと喋《しゃべ》り続ける魂胆も見え透いている。ぼくは嵯峨野ハジメから見れば年下で、しかも妹の世話になった居候《いそうろう》。立場が下なのだ。そういう相手に一方的に話し続けることは、さぞ兄を満足させていることだろう！

……駄目だ。

色眼鏡が外せない。どうしてこうなのか。もしぼくがいまにでも元の世界に戻ったなら、二度と嵯峨野ハジメという人間とは話せなくなる。兄は別に、特別不愉快な言葉を並べているわけではないのだ。それがどうして、これほど気に障るのか？

　たまに頷きながらゆっくりとパスタを減らしていくぼくの横顔を、どうやら兄は憂愁とでも受け取ったらしい。節操のない自分語りの最後に、馴《な》れ馴《な》れしく肩を叩《たた》いてこう言った。

「ま、もう少しオトナになれば、お前もいい経験だったなと思えるさ」

　大抵の人間は借り物の言葉で話す。サキだってそのくびきからは逃れられないだろう。しかし、借り物の言葉を得意げにひとの前に差し出すことに、せめて恥ずかしさのかけらだけでも感じられないものだろうか？

　ぼくは恥ずかしい。兄を見ていて、ずっとそう思っていた。

　だからぼくは、あまり長い話をしない。そうだ、確かにそうだった。忘れかけていたけれど、ぼくが長い話をしないのは、兄を反転させてのことだった。

　なぜ兄が気に障るのか……。

　サキなら、どう言うだろうか。ぼくは、まずそう考えるようになっていた。

　テレビから、甲高い女の笑い声が響いてくる。誰も見ていないのに、番組は続いていく。

兄が膝《ひざ》を詰めてきた。

「ところで……」

声まで潜めている。が、おかしなにやにや笑いはまだ消えきっていない。

「サキのことなんだがな」

殊更《ことさら》に深刻ぶってみせている。

「あいつ、世話したとか言ってたが。逆に迷惑だったんじゃないか？」

「……」

「あいつはどうもな」

腕を組み苦い表情を作っている。ぼくはフォークを止め、静かに訊いた。

「どうも、何です」

「お節介でな」

それだけなら、そうですねと言えた。サキには確かにそういうところがあるだろう。

しかし兄は、ぼくに賛同の気配を見たのか、図に乗った。

「余計なことに口を挟みすぎる。ま、妹のことながら馬鹿《ばか》じゃないとは思うがね。ひとを振りまわしてそれに気づかない、無神経なところがあるんだよな。あいつが出てきて面倒なことになったなら、オレが代わって謝っとくよ」

冗談めかして頭を下げる。

その頭を見下ろしながら、ぼくは黙っているべきかどうか、少しの間考えた。もちろん客としては、いえいえどういたしましてお世話になっています、とでも言うべきだったのだろう。

だがぼくは言ってやりたかった。もし、もしもサキがいなかったら……。サキの代わりにぼくが生まれていたなら、あなたは死んでいた。それなのにそのサキに代わって謝るとは、随分と笑わせてくれるじゃないか。どちらかと言えば、謝るのはぼくの方じゃないか。

そう言うわけにもいかない。代わりにぼくは、パスタに視線を落とし、ぼそぼそ言った。

「そんなことはありませんよ。サ……、嵯峨野さんは、傑物です。あれは大したひとです。

ぼくはね。ノゾミの、諏訪ノゾミのそばにいるのが嵯峨野サキさんでよかったと、そう思っているんです。

ぼくじゃなくて本当によかったと、そう思っているんですよ」

兄は、きょとんとした。立場が下であるはずのぼくが、お定まりの相槌《あいづち》以外のことを言い出したのに驚いたのだろう。しかしやがて覿面《てきめん》に不機嫌になって、くちびるを尖《とが》らせた。

「そんなこと、言っちゃいけないな」

「……」

兄は、愚かな子供を諭すように、懇々と説いた。

「いいか、何があったか知らんがな。思い違いをしちゃいけない。ひとにはそれぞれ、違った長所があるもんだ。

まあ、オレの妹は確かに賢い。使えるやつだ。頭のよさとか、ひとあたりのよさとかでは、敵《かな》わないかもしれない。だけどな。だからって、お前が卑屈になることはないんだぞ。お前にだって、きっとオレの妹よりもいいところがあるんだから。それどころじゃない、他の誰にもない個性が、誰にだってあるんだ。

お前はお前しかいないんだ。お前にしかできないやり方で、その何とかって子と付き合ってやればいいじゃないか」

……そうだな。兄が言えるのは、このぐらいの台詞《せりふ》が精一杯だろう。

やっと、はっきり言える。ぼくはこちらの嵯峨野ハジメも受け入れられない、と。

生き様も経験も、抱く感想さえ薄っぺらな男、頭一つ抜きんでることなど一生できないだろうこいつのどこに、生きる甲斐《かい》があるのか。ひとの受け売りをもっともらしい顔で並べ立てるのが馬鹿らしい。自分が何も考えてないことに気づきもせず説教しているつもりになっているのが滑稽《こっけい》だ。ぼくは言葉にせず、思うさま兄を蔑《さげす》んだ。

が、なぜだろう。

……いつものように、溜飲《りゅういん》が下がってくれない。

皿の中身はもうほとんどなかった。最後に残ったパスタを皿を持ち上げてかきこむと、ぼくはいい話を聞かせてくれた兄に笑って言った。

「すみません、行かなきゃいけない。妹さんに、昨日の場所にいると伝えてください」

「あ、行くのか」

兄が立ち上がりかける。ぼくはそれを手で制した。皿をシンクに運び、あとは笑顔で、客らしく去ろうとする。

毒気を抜かれたようにぽかんとしている兄、嵯峨野ハジメ。テレビはまだついている。

「何か急ぐ用事があるのか」

話し相手がほしいのか、未練がましくそう言ってくる兄に、ぼくは一言残した。

「いえ。……ぼく、テレビが嫌いなんです」

3

冬の日が暮れるのは早い。

みるみる薄暮となっていく河畔公園では、さっきまでボール遊びをしていた子供の姿もいつしか消えた。けれどどこの場所は、決してひとけがないわけでなく、静謐《せいひつ》なわけでもない。特別なところは何もないここで、ぼくはサキを迎えた。

サキはオレンジ色のスクーターから降りると、ヘルメットをバックミラーに引っ掛けて、あまり格好のよくないウインドブレーカーも脱ぎ捨てた。セーラー服のスカートが、北風に舞った。

まだ距離があるうちから、歩きながらサキが訊いてきた。いかにも釈然としなさそうに、

「どうして家で待ってなかったの？　ただでさえ寒いし、キミ、風邪引きかけてるんでしょ」

どうやら、余計な心配をかけてしまったようだ。

「悪かった」

「兄さんと二人じゃ、やっぱり気まずかったかな」

気を遣ってくれる。ぼくは曖昧《あいまい》に笑った。

「あんたの兄貴が悪いわけじゃない。ぼくと、ぼくの兄貴との折り合いが悪いんだ」

「ふうん……」

「話を聞いてるだけで、腹が立って仕方がないんだ。ぼくの側じゃ、兄さんはもういない。何ヶ月ぶりかで会って、それなりに親切にもしてもらったのに、どうしてまともに話すこともできなかったのか……」

席を立ったことは悔いていない。実際、逃げ出したい気持ちで一杯だったのだから。しかし考えてみれば、いくら妹の知り合いだといっても、見も知らぬ相手と自宅のリビングで会話をしようというのは、結構な度量ではないか。安っぽい一山いくらのお題目とはいえ、彼はぼくを慰めようとさえしてくれたのではなかったか。

それなのに、なぜあれほどまでに気に障ったのだろう。

ぼくと兄との会話は一言も聞いていないはずなのに、サキはさほど興味もなさそうに一言だけ言った。

「似てるからでしょ」

「……」

「ま、とにかく座りなよ。兄さんのことは、もし何か話があるなら後で聞くよ。先に、ノゾミの方が気になってるでしょ」

それは、その通りだった。ノゾミのことを考えていたいタイミングで割って入って心を乱すとは、兄は本当に間が悪い。

こうして戻ってきたサキは、落ち込んでいるわけでも、意気が上がっているわけでもなかった。少なくともそれは、ノゾミの身に危害が及ばなかった証《あかし》と考えていい。ぼくはサキの姿を見たときに、その点については割と安心していた。

昨日も座ったベンチだけれど、少しサイズが小さい。そこに座ると隣にサキも腰を下ろしてきたものだから、肩が触れそうになって随分と狭っ苦しい感じがする。しかしサキはあまり気にもならないようで、少しの間川面《かわも》を見つめていたかと思うと、陰のある声で切り出した。

「思ったとおりだったよ。あいつ、ほんとに歪《ゆが》んでる」

言いながら、スカートのポケットから何かを握り出す。

「薄気味悪いよ」

手を開くとそこには、白い錠剤が一錠。心あたりがあった。

「それは……。昨日ぼくがノゾミから、いや、フミカからもらった、ミントタブレット？」

「に、見えるでしょ」

サキはその錠剤をつまみ、ぼくに渡そうとする。寒風に吹かれ真っ赤になっている手の平を上にして、受け取った。

「よく見てごらん」

目を凝らす。……ただの白い錠剤かと思ったが、言われなければ決して気づかなかったほど浅く、その表面に何か彫ってある。

「何か、文字が」

三桁《けた》の数字。一四七。そして、丸の中に三角のマーク。

……まさか？

「毒、か？」

途端、サキがあきれ声を上げた。

「そんなわけないでしょ。それじゃ、本物の殺人者じゃない」

ぼくの側のノゾミが、実際「殺された」ことは忘れたのだろうか。ぼくの手の中の錠剤を指さしながら、サキは言った。

「ただの睡眠薬よ」

改めて見つめる。

「普通に処方される、そんなに強力じゃないタイプのものだって。多分その手のものだと思ったから、メンタルヘルスに詳しい友達に見せて調べてもらったんだけど、結構すぐにわかったよ」

なるほど、睡眠薬であることはわかった。しかしどうもぴんと来るものがなく、サキに間抜け面を向けることになる。

「で、これが？」

サキは、溜息《ためいき》までついた。

「ほんと、想像力がないなあ」

「……」

「これはね、さっきキミが気づいたとおり、ノゾミのミントタブレットのケースから見つけたの。たった一錠だけ、これだったわ。

で、思い出してみてよ、昨日のこと。……ノゾミはこれを、いつ飲むって言ってた？」

それは憶《おぼ》えていた。ノゾミは朝に弱い。だから、

「朝」

「うん。それは、フミカがそう勧めたんだったよね」

そうだった。

となると、朝起きてすぐにノゾミは、もしかしたら睡眠薬を飲むことになるかもしれない。が、だから？

この三日間で、ぼくは考えを放棄することを学んだ。ぼくが何を考えても、結局はどこにも行きつかない。なら、教えてもらうのがいい。導いてもらうのが楽だ。黙り込むぼくの様子に痺《しび》れを切らせたのか、サキは声を高くして言った。

「ほら、想像してみてよ！ 朝、目を覚ましたノゾミがこれを飲む。でも、薬はそんなにすぐには効かない。時間がかかる。ノゾミは学校に行くでしょうよ。いま、ノゾミの通学路がどんな状況か、キミだって知ってるでしょ？」

それは知っている。そうか、昨日。

「ぼくたちが自転車で走った、あのイチョウの道」

ぼくの側では渋滞が慢性化していて、それで辰川食堂の爺《じい》さんが寝たきりにさせられた道。

ようやく、サキの表情に満足の色が浮かんだ。

「ノゾミはあの道を、端から端まで歩いて学校に行く。でもいま、あの道は危ない。あたしが事故って木が切られたせいで交通量が増して、特に朝夕はひどくひやひやする道になってる。そんな中、ノゾミが薬で朦朧《もうろう》としてたら」

ぼくの背中が、僅《わず》かにざわついた。

不確実ないたずら。ほんの少しの意地悪。数十粒のミントタブレットの中に、一粒だけの睡眠薬。フミカは本気ではない。本気でノゾミを害そうとしているのではない。ただ、ノゾミが不幸になる確率を、ちょっとだけ上げてみる。

その戯《たわむ》れめいた、曖昧な、晴れれば一息に消えてしまう霧のような悪意が、ぼくの手の中にある。

そうか、これが……。

霞《かすみ》がかった頭で、ようやく理解する。これが、夢の剣。ぼくのノゾミを殺したもの。サキは見事、それをノゾミから遠ざけた。しかも、これが、二回目だ。

ぼくはサキを見上げる。まったく、サキは大したものだ。観察眼は本当に優れている。想像力が豊かなのは本人も主張しているけれど、それを確かめる行動力も備えている。運もいい。嵯峨野サキは、こうして、誰かを助けつづけてきたに違いない。

きっと、サキが諏訪ノゾミを評して言ったことも、当たっているのだろう。

サキは再び、視線を川面に向ける。

「昨日、フミカが来た時、おかしいと思ったんだ。前にも言ったけどこれまでフミカがわざわざ金沢までノゾミに会いに来たのは、あたしの知る限りノゾミに不幸なことがあったときだけだった。でもいま、ノゾミには別に何も起きていない。そしてやったことと言えば、ミントタブレットを勧めただけ。フミカもまともになったのかな、と思ったけど。

想像もしてたんだ。いまノゾミの身に何か起きるとしたら何かなって。そしたら、車が増えて毎日危ないって言ってたことを思い出した。もしフミカもそれを聞いて、しかもその道があたしが事故った道だって聞いたら、もう一度包帯まみれの姿を撮影するチャンスだって思うかもしれないって。……でも、まあ、想像としてはちょっと大胆すぎるからね。まさか、と思ってたよ」

そしてぼくに、曖昧な笑顔を向ける。

「キミが、キミの世界のフミカがどこまでやる気だったのか教えてくれなかったら、急いで確認しようとまでは思わなかっただろうね。

……キミには、迷惑だったかな。折角手がかりがあるかもしれない場所まで行ったのに、すぐに連れ戻して」

ぼくは無言で、かぶりを振った。ぼくは単に、サキについていっただけだ。

しかしもう、見るべきものはすべて見た。この世界のパターンも摑《つか》んだ。

もう、いいだろう。

「その薬、捨てていいよ」

サキの言葉に、ぼくは頷《うなず》いた。

もちろんこれは、フミカの悪意を証明する証拠だ。法律でどうこうできるほどの話とは思わないけれど、これを見せてノゾミに「フミカには注意しろ」と言うことはできる。場合によってはフミカを打ちのめす材料にもなるだろう。ぼくなら捨てない。

しかしサキにはサキの考えがあるに違いない。捨てていいというからには、これはいらないものなのだ。ぼくは考えることをやめて、従うことにした。

薬を放り投げる。白い錠剤は夕闇《ゆうやみ》に沈む浅野川に呑《の》まれ、見えなくなった。

体が冷えているのを感じる。少し、意識もぼうっとしてきたようだ。

「……キミ、これからどうするの？」

ふと問いかけられ、ぼくは口を開きかけたが、何も言葉は出てこなかった。

「いまからもう一回、東尋坊へ？」

これにははっきり、かぶりを振ることができた。あと三十分もしないうちに日が暮れる。財布には金がない。そして、何よりも……。

サキは、素っ気なく見せかけながら、どこか温かみを消しきれていない生硬な声で、言ってくれた。

「じゃあさ。今夜は、うちに泊まりなよ。土曜に会ったときから比べたって、キミ、ちょっとやつれた。まともなもの、食べてないでしょう」

そんなことはない。口に入れたものは、もとの世界とあまり変わらない。

「兄さんが帰ってきてて、ちょっといろいろ面倒だけどさ。でも、布団《ふとん》一枚ぐらい何とかなるから。で、明日、東尋坊に行けばいいよ」

「いや……」

ぼくは少し、口ごもった。

「いらない。東尋坊にも、もう行かない」

「えっ」

目を大きくして、サキがぼくの横顔を覗《のぞ》き込む。

「どうして？　手がかりがあるとしたら、あそこなんでしょ」

手がかり、か。

ぼくは起きたことをそのまま受け止めることができる。そうでなくても、理解しようとするには、別の可能世界に飛ばされるというのはとんでもなさ過ぎる現象だ。理解を超えた現実に対しては、誰だって受け入れる以外のことはできない。

しかしぼくはいま、ようやくそれについて考えていた。……どうして、ぼくはここに、嵯峨野サキの世界に飛ばされたのだろう。

手がかり。もとの世界に帰るための。しかし、そもそも。

「帰りたいんでしょ?」

サキのその問いに、ぼくはどうとも答えられない。

「……帰りたくないの?」

それにも、頷くことができない。

もとの世界。ぼくの世界。諏訪ノゾミは死に、父と母はどうしようもなく、兄もまた死んでしまった世界。帰れば、兄の葬式に出なかったことでどれほど罵《ののし》られるか。そしてそれからもまた、どれほど罵られ続けるか。ぼくにとっては、それが普通だった。それが当たり前だったから、別につらくなかった。……ノゾミのことも、ようやく諦《あきら》めがついていた。

しかし、言うまでもない。

そうでない世界を見て、なお、ぼくはそれに耐えられるだろうか？

……寒い。くちびるを噛《か》む。

「ねえ」

気遣うような、サキの視線。

「いいから、来なって。あったかいもの、食べさせてあげるから。お金、ないんでしょ？　来ないって言ったって、じゃあどうするの」

「……」

「帰りたくないっていうなら、それもいいよ。帰ろうとしたって、帰れるかどうかわかんないんだから。キミの話聞いてて、帰らないって選択肢もあるかなって、ずっと思ってたんだ。

だけどそれとは別に、今夜は寒いよ。一日ぐらい、甘えなって。今後のことも、一緒に考えてあげるから」

「いや」

ぼくは笑った。多分、ひどく乾いた笑いだったと思う。

「……それだけは、嫌だ。

ぼくはこの街を出るよ。できるだけ遠くへ行く。もう、会うことはないと思う」

「遠くへ、って」

サキは絶句する。

「キミ、何考えてるの」

「多分、何も」

「そうだよ！」

眉《まゆ》を寄せ、声を荒らげて、

「遠くって言ったって、一文無しでどうするの！　第一、キミ、ちゃんと想像してる？　キミには戸籍も身分証もないんだよ。よっぽど作戦練らなきゃ、この先どうやって」

「あんたこそ」

自分でも驚くほど淡々と、ぼくは言葉を挟んだ。

「ちゃんと想像してみてほしい」

「……え？」

「ぼくにとってこの三日間がなんだったのか。ぼくはとても、この街にはいられない」

「どうして」

「どうしてって。決まってる」

日が暮れていく。

「あなたがいるから」

言わずに……。

言わずにおこうと思ったのに。それがせめて、ぼくの最後の自尊心だと。そう思っていたのに、つい、口が滑ってしまった。きっと、もう自尊心など残っていなかったからに違いない。

一旦《いったん》言い出してしまえば、最後まで、言葉は止まらない。

「一昨日《おととい》、あんたは言った。『間違い探し』をしようって。家の、リビングルームで。だけど、間違いはあのリビングルームに収まらなかった。街に出ればアクセサリ屋が残ってたり、うどん屋の爺さんが元気だったり。それから、言うまでもないけどノゾミが生きていた。それも生きてた。そして、これは話してなかったけど、ぼくの世界では兄貴が死んだんだ。ぼくの側では兄貴はプライドを持て余して無謀な受験に失敗した挙句、自分探しの旅に出ちゃったけど、こっちの兄貴はどうかな。大学生だろ、あれ。どこかに下宿してるけど、金沢に気楽に帰ってこられる……。福井か、富山か？」

「……富山よ」

「兄貴の受験の結果まで変わったわけだ。これも二つの世界の『間違い探し』の一つ。じゃあ、どうしてこうなったんだ。間違いの原因は何だ？　あんたは想像力が自慢だ。俺なんかよりもずっと早く、それに気づいてたんじゃないか？　いや、俺も最初から気づいてた。二日前からわかってた。もし、『間違い』があるとしたら、それは」

息を呑む。見え透いた結論なのに、それを言うとき、くちびるが痺れた。

「俺だって」

瓶の首は細くなっていて、水の流れを妨げる。

そこから、システム全体の効率を上げる場合の妨げとなるある部分のことを、ボトルネックと呼ぶ。

間違っていたのは、サキが生まれなかったこと。嵯峨野家に生まれた二人目が、サキでなくてリョウだった、そのこと自体。

三日間をかけてだんだんとわかってきた、この世界のパターン。それは、全《すべ》て、どんな局面でも、ぼくの世界よりもサキの世界の方が良くなっているということ。サキは意識的に嵯峨野家を救い、無意識に辰川食堂の爺さんを救った。何より、ノゾミに向けられた悪意をその想像力で見破り、遠ざけた。ぼくの側では、ノゾミの家にはもう誰も住んでいない。財産を無くし、妻に去られ、娘を失ったノゾミの父は、生きているのかどうかもわからない。サキがなんでもないことのように享受《きょうじゅ》しているのは、ぼくが永遠に失ったものばかり。

本当は……。

本当は、生まれてこなければ、良かったのに。

そのことを、あらゆる角度から何度も何度も思い知らされ続けた三日間。

「ひどい話だ。あんたにはそのつもりはなかったかもしれないが、あんたは俺の、何もかもが間違いだったことを証明した。たとえばあんたはたった一言で、家での俺の唯一《ゆいいつ》の娯楽の、タネを暴《あば》いた」

「ちょっと、何のこと……」

「兄貴のことだよ」

サキは東尋坊で言った。自分の劣等感を他人に投影してこき下ろして溜飲を下げる。

これも一種の最悪だ、と。ぼくは、サキが何気なく言ったその言葉を憶《おぼ》えていた。だからさっき、リビングでいくら兄を見下しても、気が晴れはしなかったのだ。そしていまや気づいている。ぼくが兄貴を蔑《さげす》んだ図式が、サキの言う最悪に他ならない、と。

「似てるから」とは、深奥《しんおう》を衝《つ》く一言をよくもそれほど、さらりと言えたものだ。

「それだけなら大したことはない。だけど」

握り締めたこぶしが、痛い。

「……ノゾミのことでさえ。短くても、ノゾミといた時間だけは本当だったたって、俺はそう思ってきたのに」

ノゾミは助けることができた。確かに、その事実をつきつけられたことは、つらい。

しかしそれにも増してむごいのは、ぼくがノゾミと過ごした時間の本当の意味を、サキが暴露してしまったこと。ぼくが過ごした平板な時間の中で、ノゾミを恋したことだけは唯一価値のあることだと思っていたのに、サキのひとを見る目の正しさが証明されたいまとなっては、それはほとんどグロテスクでさえあったとわかった。

サキは言った。ノゾミは、あの日この公園を通りがかって話しかけてくれたひとを、模倣しているだけなのだと。

それが正しいのだとすれば、ぼくが恋したノゾミはなんだったのか？

――ぼくが恋したのは、ぼくの鏡像だ。

――ぼくの思いは、そもそも恋ですらなかった。

――それは、ねじくれてゆがんだ、自己愛だった。

サキが言ったのは、要するにそういうことだ。

サキは聡《さと》い。少し言葉を漏らしただけで、すぐに自分が何を言ったのか気づいたようだ。

「あたし……。あ、あたし」

「あんたが悪いんじゃない」

「キミも、悪いことしたわけじゃ、ないじゃない！」

そうだね。

ほとんど苦しまぎれのようなサキの慰めは、確かにその通り。ぼくはぼくの世界で、何も悪いことをしなかった。

枯れた笑いは自嘲《じちよう》めいて、ぼくの口許《くちもと》にずっと張りついている。

「……そう。何もしなかっただけだ」

サキは精一杯生きていた。

ぼくも、ぼくなりに生きていた。別にいい加減に生きてるつもりはなかった。しかし、何もかもを受け入れるよう努めたことが、何もしなかったことが、こうも何もかもを取り返しがつかなくするなんて。

兄は言った。他の誰にもない個性が、誰にだってある。お前はお前しかいない。

なるほど、そうだろう。否定しようもない、当たり前のお題目。

しかしそれは何も意味しない。違っていることはそれだけでは価値を生まない。嵯峨野サキの生きた世界の方が、嵯峨野リョウの生きた世界よりもいい場所だという事実を前にしてなお、ぼくにはぼくのいいところがあるさなどと思い続けていたとしたら、それは、想像力がないとかいうレベルの問題ではない。ただの馬鹿《ばか》だ。

ぼくは多分、ちょっと笑ったまま。そしてサキは、なぜか、狼狽《ろうばい》を経ていまは、ほとんど泣き出しそうだ。それがおかしくて、ぼくは言った。

「あんたが、悲しむことじゃないと思う」

しかしサキはそれには答えなかった。

「……あたし。あたし、最初はキミのことただのあぶないひとだと思ってた。だけど、いろいろ話聞いてるうちに、それこそ本当に、弟みたいだって思いかけてたのに。

そうだね。あたし、全然想像力足りてなかった。キミから見れば、あたしは、目障《めざわ》りなんだって気づいても良かった」

「目障り？ そうじゃない」

絶対に言わずにいようと思っていたけれど、これが最後なら、言っても構わないか。この世に恥を残したくない、なんて殊勝な考え、ぼくには似合わない。一つ息を吸い込んで、ぼくは言った。

「羨《うらや》ましいんだよ」

このままあなたのそばにいれば、ぼくはいつか、あなたのために起きた不幸の一つ一つに手を打って喜ぶようになる。

そうでなければ、あなたを羨むあまり、あなたを崇《あが》め、あなたの言うこと全《すべ》てに従う愚か者に。……それとも、もう既に。

もう、言うべきこともない。ぼくはゆっくり、ベンチから立ち上がる。休息も栄養もろくに与えられず冬の空気に晒《さら》されつづけた体が、節々ごとに鈍い痛みを伝えてくる。無視して、ぼくは一歩、二歩と歩み出す。

「待って」

と、背中からサキの声。

「キミ、どうするの？ 本当に、これから、どうするの？」

……どうやって生きていこうか。

ぼくは空を仰ぐ。もう真っ暗な空は、ノゾミが嫌った分厚い雲に覆《おお》われて、星の一つも見えはしない。

「これまで、一度も、考えたことはなかったんだけど。だけど、いま、初めて思ったことがあるんだ」

家で何があっても、ノゾミが死んでも、ぼくはこうなるしかなかったんだ、と思って生きてきた。しかしそれは間違っていた。

ぼくの呟《つぶや》きは小さくて、サキに聞こえていたかどうか。

「もう、生きたくない」

終章　昏《くら》い光

（やっと、そう言ってくれたね、嵯峨野くん）

その瞬間、強い眩暈《めまい》がぼくを襲った。天地が逆転したような平衡感覚の喪失を、ぼくは確かに以前、味わったことがあった。そして、思わず目をつむったぼくの耳には確かに、かすれたような声が聞こえていた。

二歩、三歩と後ずさり、胸をつく思いに必死になって目を開く。はっと振り返るけれど、そこには誰もいなかった。夕暮れの薄暗がりだけがあり、耳に残った声の名残を打ち消すように、波が砕かれる響きがとどろいていた。

「サキ」

と呼びかけるが返事はなく、ためらいがちに出した「ノゾミ」の声もむなしかった。叩《たた》きつけるような風の強さに、ぼくはようやく気づいた。

「ここは……」

東尋坊。

浅野川のほとりにいたのに、という戸惑いは、ほとんどなかった。ぼくにとっては、二度目のことだった。

「帰ってきた、のか」

あるいは……。帰らされたのか。

ポケットから携帯電話を出す。日付は、今日が月曜であることを示していた。松林の合間は、もう闇《やみ》に沈んでいて何がいるとも知れない。人の影は見当たらず、細い道と剝《む》き出しの岩場、月さえ見えない暗い夜空という心が荒れ果てるような風景の中にたたずんでいると、知らず、この三日間の意味がわかってくるようだった。

ぼくが深く理解したことは何だったか。そして、それを悟った途端にこの海崖《かいがい》に引き戻されたのは何故《なぜ》か。

……幻のようなかすれ声が、ぼくに一体、何を望んでいるのかも。

ぼくはふるえる手で、自分の顔を覆《おお》う。

残酷だ、と思った。

サキの世界を見せつけられた上で、ぼくはぼくの世界に戻された。それがどういう意味なのか、これからどういう意味を持ってくるのか、ぼくは知っていた。この先ぼくを、ぼくのまわりの人間をどんな不幸が襲っても、ぼくはもうそれを、どうしようもないと受け入れることは決してできない。ほとんど常に、サキであれば避け得たのだろう、ぼくだったからこんなことになった、という思いがぼくをさいなみ続けるに違いない。

控えめに言っても、呪《のろ》いだ。

あるいは、罰だろうか？

ただ、ひたすらに恐ろしかった。肌に響く怒濤《どとう》も、耳を切る冬の風も、松の間の暗がりに潜んでいる何者かも恐ろしかったけれど、ぼくには曲がりくねった遊歩道が一番恐ろしかった。その道を辿《たど》り、生活へと帰っていくことを思うと怖くてたまらなかった。一年、五年、十年、五十年と続いていく時間とその間の後悔が胸に浮かんで、息もできない気持ちだった。それに比べれば、目の前の鎖の向こうの昏い海など、解放としか思えなかった。顔を覆った手に力がこもり、ひたいに爪《つめ》が突き立った。ぼろぼろのスニーカーを引きずり、ぼくは歩き出した。鎖に向かって。脳裏に繰り返し浮かんだのは、ボトルネックは排除しなければならない、まず排除しなければならないという言葉だった。

三日間でぼくに与えられたのが罰であったなら、この崖は刑場なのだと知った。場所としては、とてもふさわしいような気がした。指の間から、墨を垂らしたような海が見える。一昨日花を投げ入れた場所、二年前ノゾミが落ちた場所に、ぼくは近づいていく。

……ただ、ぼくを裁くのが、なぜ彼女だったのだろう。

鎖を跨《また》ぎ越そうとしたぼくの携帯電話が、突然、爆発的な音を立てはじめた。

闇の中に、携帯電話のモニタの頼りない光が浮かび上がる。三日間沈黙していた携帯電話に着信があった。表示された番号に見覚えはなかった。心が海へと雪崩《なだれ》打《う》っていたところを妨げられ、ぼくは一瞬、夢から覚めたような気になった。

ぼくの足は、鎖の寸前で止まった。通話ボタンを押すとすぐに、声が聞こえてきた。

歯切れの良い声が。

『リョウくん』

「……」

『聞いて。思考に限界はない。キミにだって。——想像して！　あの娘《こ》が本当に望んでいるのは何？』

「無理だよ」

ぼくは呟《つぶや》いた。

「無理だ、サキ。ぼくに想像はできない。受け入れることしか。あんたも知っているだろう。そしてぼくは、もう、受け入れることもできない」

しかし電話の向こうの声は、急に遠ざかっていく。

『違う』

「違わない。もうあんたの声は聞きたくない」

返事は、果てしなく遠くから響いてくるようだった。

『違う。サキじゃない。わたしはツユ。……想像して。昨日できなかったことも、今日はわからない。それすら違うというなら、キミはもう、わたしたちの……』

「……待って」

『イチョウを思い出して』

しかし電話は、元からそんな通話はなかったのだというように、不意に沈黙した。

そしてぼくは思い出す。イチョウのことを。「彼女」が、ぼくになろうとする前。戯《たわむ》れに、死を望んだことがあることを。

あれは、イチョウを切らせなかった老婆《ろうば》のこと。老婆に向かってあの娘が言った言葉は、「死んじゃえ」。ぼくは最初、それをいやらしいと思った。けれど、違った。

彼女についてぼくが知ると思い込んでいたことが、何もかも間違っていたとしても。あのとき彼女が何を言いたかったのかは、わかると思う。

思い出を大切にして、老婆は木を切らせなかった。あの娘はそれ自体には興味がなかったはずだ。彼女が呪ったのは、それによって老婆が、金を拒んだこと。……彼女は、金が欲しかったのだ。欲しくて欲しくて、たまらなかったのだ。金があれば彼女の家は切り刻まれずに済んだし、彼女自身も、誰かを模倣しようとなどしなくて済んだ。しかしどれほど望んでも、彼女には金は手に入れられなかった。彼女にはその力がなかった。それなのに、目の前のイチョウは、老婆が大金を拒んだ証拠として立っている。だから、彼女は呪った。「死んじゃえ」と。

では、彼女がぼくを罰し、呪い、夜の海崖に引き戻したのも、同じ理由だというのだろうか。

彼女が望むもの、望んで得られなかったものを、ぼくが拒んでいるから。

だから、彼女はぼくを呪っていると？

……松の間に、風の隙間《すきま》に、海の向こうに、ぼくを見つめる目があるのを感じる。

彼女が見ている。ぼくが鎖を摑《つか》み、身をふるわせているのを。彼女が失ったものを、確かにぼくは二年間、いや、もっと長い間、生まれてからずっと、まともには扱っていなかった。流れるままに捨て置いていた。

だけど……。

いまさら、いまさら取り返しなんてつかない！

真っ暗な海と、曲がりくねった道。それは失望のままに終わらせるか、絶望しながら続けるかの二者択一。そのどちらもが、重い罰であるように思われてならなかった。自分で決められる気がしなかった。誰かに決めて欲しかった。凍りついた時間を破ったのは、また携帯電話へのコール。

今度はメールだった。

ぼくはそれを見て、うっすらと笑った。

『リョウへ。恥をかかせるだけなら、二度と帰ってこなくて構いません』

解説――次の一歩を

村上貴史

■たぶん一九九七年頃

一九七八年に岐阜で生まれた米澤穂信が十代の終わり頃のことだというから、たぶん一九九七年頃のことだろう。ウェブサイトにオリジナルの小説を発表していた彼の心のなかに、一つのアイディアが宿った。心が鋭敏で、触れるものすべてを切り裂くナイフのようだった時期だからこそ持ち得たアイディアだった。

だが彼はその時点でこう考えたという。

――自分には、このアイディアを小説として書き上げる力量がまだない。

そんな想いを抱き、そのアイディアを一切かたちにしないまま彼は二〇〇一年に作家としてデビューする。そして七つの作品を上梓《じょうし》して実績を積んだ彼は、デビュー作から書き続けてきた青春小説としての一面を総括するという意味も込めて、いよいよ件《くだん》のアイディアを形にすることを決意した。

十代の終わり、大学に在学していたころに抱いたアイディアを、金沢が舞台の小説として。

■二〇〇五年一二月三日

二〇〇五年一二月三日。高校一年生の嵯峨野《さがの》リョウは、石川県は金沢市にいた。彼が暮らす街だ。

だが何故《なぜ》自分は金沢にいるのか。

リョウは強い違和感を覚えていた。

それもそのはず、彼は福井県の東尋坊《とうじんぼう》にいたはずなのだ。恋人の諏訪《すわ》ノゾミが二年前に転落死したその現場を訪れた彼は、自らもバランスを崩して崖《がけ》から転落した――転落したはずだった。なのに、何故金沢で、それも怪我《けが》一つなく意識を取り戻したのか……。

リョウがとりあえず自宅に向うと、そこにはサキと名乗る高校二年生の少女がいた。見知らぬ人物である。彼女は、自分はこの家の娘だというが、リョウに姉はいない。一方サキは弟などいないという。互いの認識に矛盾がある。だが、言葉を重ねれば重ねるほど、お互いが同じ両親の元で育ち、同じ家に住んでいたことが確かになっていくのだ。

かくしてリョウは自分の身に起きたことをきっちり認識しなければならない状況に追い込まれた。自分が、異なる世界に迷い込んでしまったことを。自分のかわりにサキという少女が存在する世界に迷い込んでしまったことを。

こんな具合に幕を開ける『ボトルネック』こそ、米澤穂信が大学時代から温めていたアイディアに挑んだ作品なのである。

自分と世界との関係、あるいは自分がこの世界に存在する意味を考えるというこの小説。その骨格や細部をどれだけ大学在学中の米澤穂信が組み上げていたかは不明だが、書籍となった姿をみるに、この取り扱いの難しい題材を実にしっかりとエンターテインメントとして完成させていることがよく判《わか》る。

例えば、リョウが迷い込んだサキの世界を読者に伝えるために、第一章の序盤において嵯峨野家を舞台として二人が会話する場面がある。姉弟喧嘩《げんか》風の心地よくテンポよいやりとりで読者を愉《たの》しませるなかで、二つの世界の違いの本質がくっきりと描き出されている。割れた皿と割れなかった皿といった象徴的な小道具を活《い》かして、一手ずつ着実に読者の心のなかに二つの世界の相違を染《し》み込ませていくのである。しかもその描写のなかに、後段で読者を襲うことになる衝撃のための伏線を細心の注意を払いながら織り込むという芸当まで行っている。米澤穂信という作家――すべての作品毎《ごと》に自分の全力の一歩先を目指して執筆しているという前向きな作家――が、着想から完成までのおよそ八年ほどの期間に遂げてきた成長と育《はぐく》んできた自信とが、この第一章を読むだけでもしっかりと伝わってくるのである（デビュー作である『氷菓』の冒頭は姉から弟への手紙だ。これと比較すると、『ボトルネック』第一章が一歩進化していることが明らかだ）。

伏線という観点では、序章の密度が特筆に値する。一行目で兄の死を読者に伝え、二行目でリョウの恋人ノゾミが二年前に死んだことを読者に伝える。そして母親とケータイで会話した後、東尋坊の崖からノゾミを供養《くよう》すべく花を投げ込む。そして転落。これだけの描写なのだが、終章まで読むと、この序章には、実に密度濃く様々な要素が盛り込まれていることがよくわかる。もちろん物語の導入部として機能しているが、それだけではないのだ。僅《わず》かな頁数にこれだけ多くの意味を持たせるとは――まさに、匠《たくみ》の手による芸術品と呼ぶべき完成度である。

物語のなかでしばしば引き合いに出されるのが、連れ合いを懐《なつ》かしんでイチョウの木を切らせなかった老婆《ろうば》のエピソードであるが、こちらもまた印象深い。このエピソードは、『ボトルネック』という小説においてとにかく多様な役割を果たすのである。

よくできた短篇の如《ごと》きピッチで伏線とその回収が続くこともあれば（第二章の第三節だ）、作品全体を貫き通す背骨の重要な一ピースとしても機能している。喝采《かっさい》を送りたくなるほど華麗なイチョウの活躍だ。

序章や第一章、あるいはイチョウのエピソード。例として示すのはこの程度に留めておくが、こうした無駄のなさは、『ボトルネック』がミステリとして如何《いか》に美しく仕上がっているかを雄弁に物語っている。狭義の意味でのミステリらしさは、第三章から第四章にかけてのノゾミを巡る推理に限定されているが（もちろんそこはそこで十二分にスリリング）、その他の部分でもそれと互角にミステリファンを魅了するのである。そう、米澤穂信の手にかかると、単なる日常描写が〝日常の謎《なぞ》〟を溶かし込んだ日常描写に化けるのである。彼が初めて成年読者向けに放った『さよなら妖精』でもそうであったように、だ（皆で街を散策して神社に至るシーンを思い返して欲しい）。異世界への飛翔《ひしょう》という点を除けばギミックもけれんもなく、狭義のミステリ色がそれまでに発表した作品のなかで最も薄い本書は、米澤穂信のそうした「ミステリ書き」としての才能を体感するうえで最適のテキストといえよう。

■二〇〇一年

小学生の頃から頭のなかでお話を考え、中学生で六〇〇枚ものポリスアクション小説を書き上げていたという米澤穂信。大学時代には前述のようにウェブサイトで自分の小説を発表し、そうしたサイトを対象としたランキングのミステリ部門で一位を獲得したこともあるという。

そんな米澤穂信は、長年抱いていたアイディアをこの『ボトルネック』という形にしようと決意するまでに、どのような作品を発表してきたのか。それを簡単に振り返ってみるとしよう。

二〇〇〇年代初頭の日本ミステリ界は、角川学園小説大賞にヤングミステリー&ホラー部門が新設され、また、富士見書房の富士見ミステリー文庫や白泉社の白泉社My文庫が創刊（前者は二〇〇〇年創刊で桜庭一樹や上遠野《かどの》浩平《こうへい》が、後者は二〇〇一年創刊で黒田研二や北山猛邦《たけくに》が作品を後にそれぞれの文庫で発表する）されるという状況であった。この状況を、米澤穂信はこう考えていた――若い読者に向けてミステリを届けていこうという流れが生まれようとしているのだ、と。そこで彼は自分もそこに参加しようと、生まれたばかりの角川学園小説大賞ヤングミステリー&ホラー部門に『氷菓』を応募した。

その作品は見事第一回の同部門において奨励賞を獲得し、二〇〇一年に角川スニーカー文庫から出版される（後に角川文庫から再刊行）。廃部の危機にあった神山高校古典部に入った四人の一年生たちが、身の回りで起きるちょっとした出来事の謎を解きながら、それと並行して三三年前に神山高校で起きていたらしい悲劇の真実を探るという『氷菓』は、魅力的な学園小説のなかに〝日常の謎〟的なミステリを盛り込み、終盤では大きな謎について推理合戦をするという趣向の一作であった。翌二〇〇二年には、舞台とキャラクターを同じくした〈古典部〉第二弾『愚者のエンドロール』を刊行。こちらでは文化祭向けの自主制作映画のなかで描かれる殺人事件の謎に古典部の面々が挑むという趣向で、アントニイ・バークリーの『毒入りチョコレート事件』的な多重解決の面白さを堪能《たんのう》できる。

その後しばしのブランクをはさんで二〇〇四年に東京創元社の〈ミステリ・フロンティア〉という成年読者を主対象としたミステリ叢書《そうしょ》から『さよなら妖精』を刊行する。主人公たちが高校最後の年の二ヶ月間を共有したユーゴスラヴィア出身の少女マーヤ。彼女とともに主人公たちが過ごしたありふれていながらもキラキラとしていた日々を描きつつ、政情が極めて不安な母国に帰っていったマーヤのその後を推理するという側面も備えたこの『さよなら妖精』によって、米澤穂信の名は広くミステリフアンに認識されることとなった（『このミステリーがすごい！』では二〇位にランクイン）。同年発表した第四作『春期限定いちごタルト事件』は、互恵関係という微妙な距離でペアを組む小鳩常悟朗《こばとじょうごろう》と小佐内《おさない》ゆきという高校一年生を主人公とした連作ミステリ。小市民として過ごすことを最重要視する二人だが、いくつかの謎を解かねばならない羽目に陥る。デビュー当時に支えてくれたファンに感謝する気持ちを込めて書いたというこの作品、価格といい内容といい、文句なくその目的を達成した一冊である。

翌二〇〇五年には、〈古典部〉シリーズの第三弾『クドリャフカの順番』を四六判の書籍として発表した。神山高校の文化祭中に続発した盗難事件を幹としたこの作品では、古典部の四人のそれぞれの視点で物語を進めるという試みも行った。それも、四人それぞれのストーリーを持ちつつ、である。そうした制約（自らに課した枷《かせ》）のなかで、ミステリとしても青春小説としても魅力的な作品を完成させた米澤穂信。確かに一作品毎に成長しているのである。

『クドリャフカの順番』の翌月、米澤穂信は第六作『犬はどこだ』を再び〈ミステリ・フロンティア〉から放つ。こちらは私立探偵（ただし犬捜し専門）を主人公に据え、米澤穂信が初めて学園の外部を舞台とした作品である。この『犬はどこだ』では、終盤で真相が明らかになったあとでなお残る苦みに注目したい。米澤穂信は、〝謎が解かれてすっきりと決着〟というスタイルを逸脱することについて、全くためらいを覚えなかったというのだ。定型の持つ力に頼らなくとも、自分の小説は結末まできちんと読者を牽引《けんいん》してこられるという自信の表れととらえることが出来よう。

二〇〇六年には二作品を発表した。まずは、〈小市民〉シリーズの第二弾『夏期限定トロピカルパフェ事件』である。高校二年生になった常悟朗とゆきは、あいかわらず小市民を志向しつつ夏休みを迎える。その夏休みに起こった事件を、連作短篇風に纏《まと》めた長篇ミステリだ。それにしてもこの作品、男女の高校生ペアがおいしいスイーツを食べ歩く夏休みの日常を描き、〝トロピカルパフェ〟などという甘い文字もタイトルに躍るが、幕切れのなんとビターなことか。ミステリとして謎解きはきっちりと着地しつつ、その着地が読者に――特にシリーズ読者に――与える衝撃と動揺は、実に甚大《じんだい》である。「春夏と来たら秋冬と続くだろうに、ここでここまで書いてしまっていいのか……」という読後感を抱いた読者は少なくないだろう。米澤穂信は、常悟朗とゆきの小市民というモットーは自意識過剰であり思い上がりだということを書かないわけにはいかなかったという。だからこそシリーズ第二弾の段階でここまで書いておく必要があったのだろう。

この甘い衝撃作に続いて米澤穂信が発表したのが、本書『ボトルネック』である。作家としてデビューして五年。常に挑戦を続け、これだけの作品を積み重ねてきたからこそ、長年手を付けずにいたアイディアを小説として完成させることが出来たのである。

■二〇〇九年

それにしても『ボトルネック』――なんと容赦なく主人公の痛々しさを暴いたことか。

米澤穂信が青春のまっただなかにいたころに抱いたアイディアを、作家として成長を遂げた筆で描いたが故《ゆえ》に、青春小説としての痛みが、実に生々しく読者に迫ってくるのだ。青春小説と真面目《まじめ》に取り組めば取り組むだけ、爽《さわ》やかで甘酸っぱいなかにほんの少しの苦みが交じるような日々などというキーワードから離れて行くのは自然な流れとしても、ここまで鮮やかに痛みを表現するとは。流石《さすが》に時間をかけてアイディアを熟成させ、作家として実力を培《つちか》ってから執筆に取りかかっただけのことはある。

しかも、その手法が、パラレルワールドに滑り込むという〝非リアル〟を持ち出すことによって、リョウの心をリアルに描き出すという、ミステリ作家ならではのアクロバティックな技なのである。そのアクロバットに、米澤穂信は登場人物の造形と彼等の行動や会話、そしてそれを綴《つづ》る落ち着いた文章によって血肉を通わせたのである。その結果、このアクロバットは、これ以外の表現手法はなかったと思えるほどの説得力を持ち得た。単なる発想だけではないのである。

また、十代の終わりという発想当時と二十八歳という執筆時では、米澤穂信を取り巻く環境も、彼自身の皮膚感覚も変化している。執筆にはそれ故の難しさもあったと米澤穂信はいうが、作品そのものには、執筆時の苦労はにじんでいない。プロとして当然の仕事とはいえ、こうした誠実さは嬉《うれ》しい限りだ。

さて、この『ボトルネック』によって、米澤穂信は、〝デビュー前から抱えていた書かなければならないもの〟を一つ片付けたという。だが、彼にはもう一つ〝書かなければならないもの〟が残っていた。「本格ミステリを書くなら一度はクローズドサークルに挑戦しなければ」という気持ちで大学卒業間際《まぎわ》に作ったプロットがあり、これも形にしなければならないと米澤穂信はずっと思い続けていたのである。そちらの宿題を片付けたのが、第九作『インシテミル』（二〇〇七年）であった。

高額の報酬に釣られてクローズドサークルに集められた男女。その閉鎖環境のなかで起きる殺人と推理の応酬を、ミステリマニアを狙《ねら》ったかのような大量のガジェットをちりばめて描いた『インシテミル』。ともすれば参加者全員がミステリに詳しいという設定にしがちなところを思いとどまり、ミステリに関心のない人々も交えている点が米澤穂信のバランス感覚の優れたところ。〈小市民〉シリーズや『ボトルネック』を通じて自意識を掘り下げてきた米澤穂信だからこそ描き得た、ミステリファンが構成する内輪の世界（の自意識）とその外側のミステリに全く関心のない一般との冷酷な対比といえよう。そのうえで、本格ミステリとして物語を閉じるのが、米澤穂信のミステリへの愛なのである。

『ボトルネック』と『インシテミル』で作家としてのボトルネックを解消した米澤穂信は、シリーズものを大切に育てつつ、ミステリ作家としてはさらに自由な活動を続けていく。

『インシテミル』に続いて二〇〇七年に刊行した『遠まわりする雛《ひな》』は〈古典部〉シリーズの第四弾。四人が高校一年生のときにかかわった出来事を七つの短篇で時系列順に纏めた作品集である。『氷菓』『愚者のエンドロール』『クドリャフカの順番』の合間に彼等はどんな日々を送っていたのか。それを知る愉しみも味わえる。もちろん短篇ミステリとしても粒ぞろいだ。

二〇〇八年に刊行された新作は一冊だけだが、これがとにかくクオリティの高い一冊だった。『儚《はかな》い羊たちの祝宴』である。書物と奇想をテーマとして、最後の一撃の衝撃を徹底的に追求した五つの短篇を、ある読書サークルを共通項として繫《つな》いだ作品である。個々の短篇も、装幀を含めた一冊の本としてもとことん磨き抜かれた作品でもあると同時に、〝青春ミステリ〟なるレッテルからすっかり解き放たれた作品でもある（黒い諧謔《かいぎゃく》が充満している）。プロとして十作品を世に送り出したうえで新たに書き上げたこの『儚い羊たちの祝宴』で、米澤穂信はまた新たな魅力を示して見せたのである。

そして二〇〇九年。第十二作となる『秋期限定栗きんとん事件』が刊行された。これは米澤穂信にとって初の上下巻であり、二月と三月にわけて刊行された。タイトルから判るように、これはもちろん〈小市民〉シリーズの第三弾。常悟朗とゆきが暮らす町で発生した連続放火事件に、彼等二人が、それぞれ別の交際相手とのペアで微妙にかかわっていく長篇である。第一作よりも第二作よりも長篇としての色彩が濃く、日常の謎ものの短篇といった要素は、本書『ボトルネック』同様、日常描写のなかに巧みに埋め込まれる形となっている。そして全体としては陰謀の糸が縦横に張り巡らされた構造となっており、青春そのものもそこに絡《から》め取られてしまうという壮絶な

〝青春ミステリ〟なのである。いったい『冬期限定〜』はどうなることやら。

十三作目は『追想五断章』(二〇〇九年)。五つのリドルストーリーを集めようと、古本屋の伯父のもとに居候《いそうろう》している青年が探索を進める長篇である。リドルストーリー、すなわち結末が読者に示されない小説である。米澤穂信のオリジナルリドルストーリーを五つ愉しめるというだけでも魅力的だが、その五つを彼がどう料理するかという点にも関心が集まるだろう。結論から言えば、シェフの腕はやはり抜群。『ボトルネック』の最終頁の味を堪能した読者は、是非この『追想五断章』も読んでみて戴《いただ》きたい。


「自分がいる世界」と「自分がいない世界」を否応《いやおう》なしに比較しなければならない状況に陥った少年を、その少年の一人称で描ききった『ボトルネック』——米澤穂信が、初めて現実の街を舞台にした作品であり、登場人物たちを甘やかさない誠実さに満ちた作品である。プロ作家として、自分の抱えていた宿題を一つ解決した重要な作品でもある。

リョウの存在は世界にとってプラスだったのかマイナスだったのかあるいはゼロだったのか。そしてその残酷な引き算の結果を知ったリョウは、次にどんな一歩を踏み出すのか。

答えは、この本を読み終えた読者の心のなかにある。

（平成二十一年八月、ミステリ評論家）

この作品は平成十八年八月新潮社より刊行された。

伊坂幸太郎著　オーデュボンの祈り

卓越したイメージ喚起力、洒脱な会話、気の利いた警句、抑えようのない才気がほとばしる！　伝説のデビュー作、待望の文庫化！

伊坂幸太郎著　ラッシュライフ

未来を決めるのは、神の恩寵か、偶然の連鎖か。リンクして並走する4つの人生にバラバラ死体が乱入。巧緻な騙し絵のごとき物語。

伊坂幸太郎著　重力ピエロ

ルールは越えられるか、世界は変えられるか。未知の感動をたたえて、発表時より読書界を圧倒した記念碑的名作、待望の文庫化！

道尾秀介著　向日葵の咲かない夏

終業式の日に自殺したはずのS君の声が聞こえる。「僕は殺されたんだ」。夏の冒険の結末は。最注目の新鋭作家が描く、新たな神話。

有栖川有栖・道尾秀介
石田衣良・鈴木光司
吉来駿作・小路幸也
恒川光太郎　著

七つの死者の囁き

窓辺に立つ少女の幽霊から、地底に潜む死霊の化身まで。気鋭の作家七人が「死者」を召喚するホラーアンソロジー。文庫オリジナル。

乙一ほか著　七つの黒い夢

日常が侵食される恐怖。世界が暗転する衝撃。新感覚小説の旗手七人による、脳髄直撃のダーク・ファンタジー七篇。文庫オリジナル。

恩田陸著

六番目の小夜子

ツムラサヨコ。奇妙なゲームが受け継がれる高校に、謎めいた生徒が転校してきた。青春のきらめきを放つ、伝説のモダン・ホラー。

恩田陸著

不安な童話

遠い昔、海辺で起きた惨劇。私を襲う他人の記憶は、果たして殺された彼女のものなのか。知らなければよかった現実、新たな悲劇。

恩田陸著

球形の季節

奇妙な噂が広まり、金平糖のおまじないが流行り、女子高生が消えた。いま確かに何かが大きく変わろうとしていた。学園モダンホラー。

恩田陸著

ライオンハート

17世紀のロンドン、19世紀のシェルブール、20世紀のパナマ、フロリダ……。時空を越えて邂逅する男と女。異色のラブストーリー。

恩田陸著

図書室の海

学校に代々伝わる〈サヨコ〉伝説。女子高生は伝説に関わる秘密の使命を託された——。恩田ワールドの魅力満載。全10話の短篇玉手箱。

恩田陸著

夜のピクニック

吉川英治文学新人賞・本屋大賞受賞

小さな賭けを胸に秘め、貴子は高校生活最後のイベント歩行祭にのぞむ。誰にも言えない秘密を清算するために。永遠普遍の青春小説。

有栖川有栖著

絶叫城殺人事件

「黒鳥亭」「壺中庵」「月宮殿」「雪華楼」「紅雨荘」「絶叫城」――底知れぬ恐怖を孕んで闇に聳える六つの館に火村とアリスが挑む。

真保裕一著

ホワイトアウト

吉川英治文学新人賞受賞

吹雪が荒れ狂う厳寒期の巨大ダムを、武装グループが占拠した。敢然と立ち向かう孤独なヒーロー！ 冒険サスペンス小説の最高峰。

真保裕一著

奇跡の人

交通事故から奇跡的生還を果した克己は、すべての記憶を失っていた。みずからの過去を探す旅に出た彼を待ち受けていたものは――。

東野圭吾著

鳥人計画

ジャンプ界のホープが殺された。ほどなく犯人は逮捕、一件落着かに思えたが、その事件の背後には驚くべき計画が隠されていた……。

東野圭吾著

超・殺人事件

―推理作家の苦悩―

推理小説界の舞台裏をブラックに描いた危ない小説8連発。意表を衝くトリック、冴え渡るギャグ、怖すぎる結末。激辛クール作品集。

宮部みゆき著

龍は眠る

日本推理作家協会賞受賞

雑誌記者の高坂は嵐の晩に、超常能力者と名乗る少年、慎司と出会った。それが全ての始まりだったのだ。やがて高坂の周囲に……。

ボトルネック

新潮文庫　よ - 33 - 1

平成二十一年十月一日発行
平成二十二年七月三十日十三刷

著者　米《よね》澤《ざわ》穂《ほ》信《のぶ》

発行者　佐藤隆信

発行所　株式会社 新潮社

郵便番号　一六二―八七一一
東京都新宿区矢来町七一
電話　編集部(〇三)三二六六―五四四〇
　　　読者係(〇三)三二六六―五一一一
http://www.shinchosha.co.jp

価格はカバーに表示してあります。

乱丁・落丁本は、ご面倒ですが小社読者係宛ご送付ください。送料小社負担にてお取替えいたします。

印刷・東洋印刷株式会社　製本・株式会社大進堂

ISBN978-4-10-128781-2 C0193